一瓶毒药

A Dram of Poison

［美］夏洛特·阿姆斯特朗 —— 著

马伊林　尚小晴 —— 译

上海文艺出版社
上海故事会文化传媒有限公司

编委会

总策划 夏一鸣

主　编 黄禄善

副主编 高　健

编辑成员（按姓氏拼音为序）

蔡美凤　高　健　胡　捷

黄禄善　吴　艳　夏一鸣　杨怡君

名家导读

/黄禄善

  黄禄善，上海大学外国语学院英语教授、外国通俗文学研究中心主任。主持完成国家社科研究项目"英国哥特式小说研究"和国家社科后期资助项目"英国通俗小说史"，在《外国文学评论》《外国文学研究》等刊物发表论文30多篇，并出版《美国通俗小说史》等专著7部、《美国的悲剧》等译著11部；先后受长江文艺出版社、花城出版社、上海文艺出版社和上海故事会文化传媒有限公司委托，主编"世界文学名著典藏""域外故事会"等大、中、小型外国文学丛书12套，近280种。系上海市作家协会会员、上海翻译家协会理事，2018年被中国翻译协会授予"资深翻译家"称号。

  21世纪前20年，西方通俗小说保持快速发展态势，新浪潮不断，畅销书迭出，其中大部分是女作家描绘"蛇蝎美人"的新型犯罪小说。这些小说专注家庭内部的"非陌生人作案"。种种家庭成员之间殴打、捆绑、囚禁、性侵所引发的身体、精神创伤乃至疯狂、死亡，让读者不寒而栗。英国女作家艾琳·凯利的《毒树》（*The Poison Tree*, 2010）刚一问世，就被列入理查德和朱迪读书俱乐部的数字频道，后又被改编成大型电视连续剧，造成轰动，而加拿大女作家苏珊·哈里森的《沉默的妻子》(The Silent Wife, 2013)，故事情节诡秘、惊悚，收获《多伦多星报》《华盛顿邮报》《卫报》等多家媒体追捧；还有澳大利亚女作家李安·莫里亚蒂的《大小谎言》(Big Little Lies, 2014)，不但跻身《纽约时报》畅销书排行榜，本人还成为备受瞩目的戴维特奖得主。

  不过，在上述新型犯罪小说的"弄潮女"中，成就最大、影响也最大的当数美国女作家吉莉安·弗琳。2012年6月，她出版了第三部长篇小说《消失的爱人》(Gone Girl)。与她的前两部长篇小说《利器》(Sharp Objects, 2006)和《暗处》(Dark Places, 2009)一样，《消失的爱人》也聚焦于家庭内部某个貌似不幸但内心黑暗的女主人公。不同的是，这是一部超级畅销书。该书问世仅6个月便售出180万册，到翌年12月，已发行14版，总销售破600万册。与此同时，整个西方世界也响起一片赞扬声。巨大的商业成功和媒体的高度关注足以在西方通俗文学界掀起一阵"吉莉安·弗琳飓风"。许多女作家有意无意追随《消失的爱人》，相继创作了一大批类似情节、类似主题、类似女主人公的犯罪小说。读者还给这些小说取了一个颇有吸引力的名称——"家庭黑幕小说"。甚至他们还将源头追溯到20世纪40年代至60年代的黑色悬疑小说作家，如多萝西·休斯、露西尔·弗雷彻、西莉亚·弗雷姆林、玛格丽特·米勒等。尤其是本书作者夏洛特·阿姆斯特朗，被尊称为"家庭黑幕小说王后"。2023年12月26日，美国大型读书网站Goodreads根据读者投票，列出了20世纪中期西方最受欢迎的32部"经典家庭黑幕小说",其中夏洛特·阿姆斯特朗的作品占了15部。

不过,夏洛特·阿姆斯特朗的作品的最大特色并非"家庭黑幕"而是"社会悬疑"。夏洛特·阿姆斯特朗,1905年5月2日出生于美国密歇根州瓦尔肯。她的父亲是铁矿工程师,系美国公民,而母亲则来自英国康沃尔。在当地中学毕业后,她入读威斯康星州立大学,毕业后去了纽约,先是替《纽约时报》处理分类广告业务,继而在一家会计公司当秘书,还干过一段时间的时装新闻记者。1928年1月,23岁的夏洛特·阿姆斯特朗同广告商杰克列维步入婚姻殿堂。婚后,她辞去工作,专心照料丈夫、子女的饮食起居。平和的家庭生活给她提供了大量的闲暇时间,遂开始文学创作。早期,她的作品多是一些诗歌和剧本。1942年,她转入犯罪小说创作,首批推出的是以"麦克·达夫"为业余侦探的《下注吧,麦克·达夫》(Lay On, Mac Duff, 1942)、《威尔德姐妹案宗》(The Case of Weird Sisters, 1943)和《无辜的弗劳尔》(Innocent Flower, 1945)。尽管这"三部曲"含有较多的侦探小说成分,但作者关注的重点已不是以侦探为叙述中心的"调查案情""惩治罪犯"。接下来,夏洛特·阿姆斯特朗又推出了更加"离经叛道"的社会悬疑小说《未受怀疑》(Unsuspected, 1946)。该小说获得极大成功,翌年被改编成电影,再次引起轰动。从此,她专注于社会悬疑小说创作,以破案解谜为线索,表现罪犯的犯罪心理,通过用多个层面反映小人物的社会重压,代表作除《未受怀疑》外,还有

《恶作剧》(*Mischief*, 1950)、《梦游者》(*Dream Walker*, 1955)、《一瓶毒药》(*A Dram of Poison*, 1956)、《谁一直坐我的椅子》(*Who's Been Sitting My Chair*, 1963) 等。其中,《一瓶毒药》荣获 1957 年美国神秘家协会颁发的"爱伦·坡"最佳小说奖。

《一瓶毒药》的书名,借用了莎士比亚《罗密欧与朱丽叶》中的一句经典台词,既点明了整部小说情节发展的关键要素,又揭示了与这部名剧类似的爱情悲剧主题。男主角吉布森是个"老光棍",在一所文科学院教授英语诗歌,并在参加老教授詹姆斯的葬礼时,邂逅其可怜的独生女——罗斯玛丽。很快,吉布森对罗斯玛丽的情感从"怜悯"发展到了"爱情",两人正式结为夫妇。其后,一场突如其来的车祸改变了一切。在前来照顾两人起居生活的吉布森的妹妹埃塞尔的"猜疑"下,吉布森相信自己的妻子已经"移情"邻居保罗。顿时,他心如死灰,决定殉情,以成全罗斯玛丽和保罗。为此,他潜入保罗的工作实验室,偷了一些致命毒药,放入一个小橄榄油瓶中,欲带回家了结自己的性命。神情恍惚中,他不慎将装有毒药的小橄榄油瓶丢失在公交车上。于是,为了防止无辜者误食中毒,吉布森选择了报警。随后,几个当事者不约而同地聚集在一起,开始了一系列惊心动魄的"寻毒历险"。

正是这些"寻毒历险",夏洛特·阿姆斯特朗展现了别具一格的"社会悬疑"写作技巧。作者彻底摒弃了传统侦探小说的"破案解谜",既没有描写"侦探"或"警察"调查取证,也没有描写"歹徒"或"罪犯"

落入法网；相反，她只是以"寻毒"为线索，描述了在"人命关天"的数小时之间，几个极为普通的当事者一个又一个的"徒劳而返"。起初，他们认为毒药瓶掉落在超市，但经过地毯式搜索，无果。之后，他们又去追逐那辆公交车，也无果。接着，他们在公交车司机的提醒下，寻觅同为乘客的金发女郎弗吉尼亚，还是无果。又根据弗吉尼亚的回忆，寻觅博特赖特夫人，依然无果。如此辗转反复，一直追踪到了画家马什、保罗的女儿和吉布森的保姆。

然而，除了上述种种令读者紧张得喘不过气来的"社会悬疑"，该书还展示了多个亮点。其一，揭示了战后美国民权思想状况。20世纪50年代中期，麦卡锡主义渐渐销声匿迹，但民权运动才刚刚开始。社会上一些陈旧的不平等意识，如种族隔离、女性歧视、职业限制等，还残存在人们的头脑里，不时冒出来作祟。在许多守旧的人们看来，女性固然可以出来工作，但更适宜留在家里，早婚并持家，相夫教子。本书男主角吉布森即是这样一个"守旧男"。他向罗斯玛丽求婚，不是为了浪漫的爱情，而是出于对她长年照顾患病的父亲导致身体虚弱的怜悯，并确信，与她结婚是帮助她恢复身体健康的唯一途径。后来，他发现罗斯玛丽"移情"邻居保罗，首先想到的也不是捍卫自己的婚姻，而是担心自己离婚后罗斯玛丽不能如愿嫁给已归属天主教的鳏夫保罗。凡此种种，凸显他和罗斯玛丽的结合实际上是一场商业交易。

其二，塑造了一个典型的"毒舌妇"。埃塞尔是吉布森的妹妹，也是推动整个"藏毒、寻毒"故事向前发展的导火索。她从小生活在一个没有"爱"的家庭环境中,缺乏同情心,而且多年的独居生活也助长了她"唯我独尊"的强势个性,看什么都不顺眼,且言语毒辣。在她眼里,世界充满尔虞我诈,人人都是兽性集合体。为此,保姆"生性撒谎、喜好偷窃";年轻人"总是神气活现、自以为是";金发女郎则表现得"轻狂放荡、卖弄风骚";而比吉布森年轻得多的罗斯玛丽,也必定更喜欢"英俊、帅气"的保罗,因而她极有可能早已与保罗"有染",甚至可能会"蓄意制造车祸来谋害吉布森"。如此充满主观臆断的"喋喋不休",居然让吉布森放下了所有戒备,相信罗斯玛丽真的"移情"保罗,并由此心灰意冷,准备殉情。

其三,表现了某种程度的"黑色幽默"。故事一开始,读者便沉浸在"罗密欧与朱丽叶"式的"悲情期盼"中。但经过一系列环环相扣的人物出场,以及种种过山车般的"寻毒"过程演绎,他们不仅发现毒药瓶近在咫尺,而且也没有任何人误食遇害。在此期间,一行当事者对"无意识""自我、本我、超我"的议论,又深深触动了吉布森和罗斯玛丽,尤其是吉布森,他放弃了宿命论的固有观念,打算同命运抗争,由此,悲剧变成喜剧。该书也可以说是一部哲理小说,或家庭伦理小说。

总之,夏洛特·阿姆斯特朗善于将通俗小说的创作技巧与严肃小说的重要元素相结合,既是营造紧张悬疑的高手,又是塑造人物形象的大师。她的《一瓶毒药》展示了令人叹为观止的大胆想象力和巧妙的情节构思。深刻的心理分析、成功的氛围渲染、自然优美的文字、发人深省的理念,更增添了艺术感染力。这就是该书荣获备受瞩目的"爱伦·坡"最佳小说奖之所在,也是夏洛特·阿姆斯特朗被尊称为"家庭黑幕小说王后"之所在。

Contents

第一章   1

第二章   12

第三章   25

第四章   33

第五章   43

第六章   51

第七章   59

第八章	72	第十五章	163
第九章	86	第十六章	177
第十章	98	第十七章	189
第十一章	108	第十八章	216
第十二章	124	第十九章	241
第十三章	145	第二十章	257
第十四章	154	第二十一章	266

第一章

高个子男人打开了灯。"我马上就好。"他说道。

矮个子男人走进了这个实验室。他环顾四周,朝着这些实验仪器走了过去。他十分不解地端详着它们。

"应该就是在这儿啊。"保罗·汤森一边嘟囔着,一边翻找着桌上的文件。然后,他拉开了左上角的抽屉。"我把打算要寄的信,忘了放哪儿了……"汤森的长相颇为俊美,人高马大。37岁的他,本应风华正茂,此时却愁眉不展。

"慢慢找找。"吉布森先生安慰道。他比汤森年长一些,性格也会更加沉稳。他漫无目地看着这些实验器具,好奇地问:"这都是什么呀？"

"哎呀……"保罗·汤森终于找到了那封信，"你可别碰到了！那是毒药啊！"

"你拿毒药来做什么？用来收藏吗？"吉布森先生充满疑惑地盯着那两列方底小瓶子。这些瓶子整齐划一地陈列在橱柜里，瓶身还不足一英寸。透过橱柜的玻璃门，还能看到瓶身上那规整的标签。

"我们用到的很多实验材料，基本上都是有毒的，"保罗·汤森回答道，"为了安全起见，才把它们锁起来的。"汤森走了过来。那封信还在他的指间不停地抖动着。他也盯着橱柜看了看，然后"故作无知"地说了句："收藏还真不少呢！"

"看起来倒像是美食家的调料柜，"吉布森先生充满艳羡地说着，"这些毒药主要用在什么地方呢？"

"每一种都有它的用途。"

"这里90%的毒药，我甚至连听都没听过呢。"

"噢……"保罗·汤森并没有表现出责怪的意思。

"这些不起眼的瓶瓶罐罐，竟然与死亡挂钩，竟然与毁灭共舞。"吉布森先生咕哝着。他的食指正放在玻璃门上（他猛然想起，自己还是个孩子的时候，就曾这样把手指按在盛有糖果的玻璃柜上）。

"你有什么高见吗？"

"你说什么？"汤森不停地眨巴着眼睛，他的睫毛长长的。

吉布森先生笑了笑。他眼角的细纹看起来倒像是袖珍版的孔雀尾巴。"我想到一种诗意的方式，"他异想天开地说着，"我打算用二十多瓶毒药结束自己的生命。你肯定不会这样做的。不过，你要知道，我可是教诗歌的，我压抑不住内心的冲动啊。"紧接着，他还自嘲道，"在夜深人静之时，想就这样毫无痛苦地了结自己……"

"呃，"汤森似乎有点儿麻木了，"那好吧，如果你想快速而轻松地'翘辫子'，不妨就试试这个吧。"

"试试哪个呢？"说罢，吉布森先生立刻看向了汤森指着的那瓶毒药。他并不知道标签上的那一串字母是什么意思，也实在想不通世间有谁竟可以轻而易举地读出来。标签上标有"333"的数字。这几个数字再简单不过了，让人过目不忘。"这瓶毒药的功效如何呢？"

"能完全置你于死地，"保罗·汤森回应了吉布森先生，"它，既没有味道，也没有气味。"

"还是无色透明的。"吉布森先生喃喃自语道。

"你感觉不到任何痛苦。"

"你是怎么知道的呢？"吉布森先生一下子机敏了许多。他那双灰色的眼睛闪闪发光，里面写满了好奇。

汤森又一次眨了眨眼。"知道什么啊？"

"你怎么知道，那种毒药没有痛苦？没有味道？你刚才也说了，要是有人服用过的话，也早就不省人事了吧。那么，你怎么可能再把他叫起来，问问效果如何呢，对吧？"

"好吧，我……明白，估计是没有时间痛苦了吧。"此刻，汤森有点儿不自在。"咱们走吧？"

"这可真是个好地方呀！"吉布森先生感叹道。临走时，他又环顾了一下四周。

汤森刚把手指放在灯的开关上，便立刻皱起了眉头。

"你还得再等我一会儿。"他宛如一个家庭主妇，好像看到了什么"不速之客"。他发现，原本应该整理好的"家务"却出现了问题。"我漏掉了一些本该归置起来的实验物品。这些东西也许不会致命，但是……我想知道，是谁把它漏掉了？你介意转过去一下吗？"

"转过去？哦，没问题。"吉布森先生"义不容辞"地转了过去。他盯着对面墙上的柜子，里面有各种开关和电子管。不过，玻璃柜门却能当反射镜用。它能将汤森大脑的"动向"反射得一清二楚。于是，吉布森先生不紧不慢地把汤森接下来的"动向"尽收眼底了：他从桌子上拿了一小罐东西，又从一个隐秘的地方掏出一把钥匙，接着把罐子放到橱柜里，之后再重新锁上柜门，最后藏好了钥匙。"现在可以转过来了，"汤森说道，"抱歉啊，因为我总是想要确保'万无一失'。"

"是的，可以理解。"吉布森先生轻声地回应道。他不想跟汤森坦白，其实自己已经很清楚地知道他的钥匙藏在哪儿了。汤森这哥们，还算仗义。记得在一月的某个晚上，当时天寒地冻的，他碰巧和吉布森先生在校外的同一家餐厅就餐。饭后，他还让吉布森先生搭了他的便车回家。汤森没必要向他解释什么。吉布森先生也不想让他难堪。当然了，这都不重要。

吉布森先生的思绪又飞向了毒药。为什么有些物质生产出来之后，却禁止人类食用呢？火、水、空气……原本有益于人类……但如果超出一定剂量，或者用错了地方，就会有灭顶之灾。难道毒药也要遵循这样的法则吗？这是否代表着，只要基于特定的时间和地点，适量的毒药也有好处呢？或者说微量的毒药？那么问题来了，什么是适量，什么是特定的时间和地点？

"'333'这个数字有什么含义呢？"他们一块儿离开时，吉布森先生提出了这样的疑问。

"恐怕还没人知道吧，"汤森亲切地回应着，"但是，这也不失为一种体面的死法。"

吉布森先生并没有轻生的念头，他已经把这件事儿抛在脑后了。现在，正抬头望着月亮呢。"今晚的夜色真美，如此静谧，如此惬意……"他喃喃自语道。

"确实不错。"汤森也深表赞同,"不过,有点儿冷。我就送你到这儿吧。谢谢你刚才等我,我就先回家了。"

"别忘了寄信啊,"吉布森先生善意地提醒着他,"我家的街角处倒是有个信箱。"

今天是吉布森先生的生日。他向来特立独行,对生日这件事也只字不提。他已经55岁了。

他道了谢,说了晚安。然后,爬上楼梯,回到了那间空荡荡的大房间里。他家只有这一个房间。他打开台灯,脱掉鞋子,把烟草随手一放,选了本睡前读物。时至今日,他依然是一个孤家寡人。

房间如死水般安静,有一种独居男人特有的自在。肯尼斯·吉布森很满足于当前的现状。他的一生似乎都在远离尘嚣。他不曾身处于漩涡之中,也从未触碰过汹涌之流。他更像是一片轻柔而不屈的树叶,沿着溪水荡漾,不时地被带进一条河流,最终漂入一处宁谧的港湾。这里没有狂风暴雨,只有阵阵涟漪。

当然,他也不是一无是处。他喜欢自己的工作,也享受自己的生活。他预感这一切很快就会结束了。如果再过十年,或者再过二十年,生活还是老样子的话,也未免太久了吧。他从不咄咄逼人,也没有什么野心抱负。

他过完了55岁的生日。一个月后,便去参加了一个葬礼。他在那里遇见了一位年轻的女士——罗斯玛丽·詹姆斯。

这是老教授詹姆斯的葬礼，全校师生都在悼念他。大约八年前，他就已经退休了。那时候，他的精神状态就有点儿不正常了。好在他曾经是学院的一员，所以葬礼一定会很隆重。大家也都心知肚明。

葬礼那天，我们这些同事也都是第一次见到罗斯玛丽——詹姆斯的独生女。肯尼斯·吉布森之所以能与其碰面，主要源于其身上的一种特质——他是个富有同理心的人。他自己却认为这是一种弱点。这既是他的财富，也是他的负担。

这种特质会让他缺乏理智的判断。现今，年逾55岁的他，早已学会如何控制这种情绪。但是，第一次世界大战却让他在这上面栽了个不小的跟头。

吉布森出生于1900年1月。1918年，他正值18岁。他在印第安纳州一个闭塞的小镇上长大。父亲乐观开朗，朴实憨厚，经营着一家五金店。母亲莫琳（格雷迪）是个爱幻想的主妇。他甚至高中没毕业就直接上了战场。这在当时算是比较"正确"的选择吧。

肯尼斯·吉布森年轻利落，身材结实，看起来天生就是个整洁得体的小伙子。很显然，他对笔墨情有独钟。战争期间，他经常穿着当时流行的马裤，腿上打着绑腿，做的是文员工作。他积极向上，乐于助人，一丝不苟，工作做得有声有色。他曾在纸上标注过一些危险地带，却从未亲身实战过。战争结束后，竟然没有人知道，这个小伙子其实已经被吓得麻木呆滞了。更没有人关心，他那细腻的心灵，已经在那个痛不堪忍的屠宰场中被撕得千疮百孔了。在那个年代，人们认为心灵上的创伤是无关紧要的。他经历了太多常人难以想象的苦痛。

他一言不发，一股脑儿地潜入书中，只为寻求疗愈之所。于是，他上了大学。那个时代的大学生都意气风发。他比同学们年长一些，显得有些格格不入。在校期间，他总是独来独往。他惯于用自己的方式治愈内心的创伤。

在他获得硕士学位的那年，父亲去世了。由于缺少了经济支柱，母亲的日子也步履维艰。为此，肯尼斯便去母亲那里帮忙缓解困境。他并没有让母亲"背井离乡"，因为他知道这样有点儿不近人情，他只能默默承担这样的重负。没想到，自己的第一份工作竟然是教书。不过，薪水并不高。其间，除了给母亲寄钱之外，他还资助了妹妹埃塞尔上大学。他为家人奉献了一切。按理说，他自己的生活似乎也会陷入某种困境吧。如果还是在战争期间稀里糊涂地做个文员的话，兴许是这样。此时，他作为一名肩负着家庭重担的年轻教师，却是另外一番景象。他不得不坚守岗位，不能再像年轻时那样浑浑噩噩了。

1932年，母亲在一场大病后撒手人寰。他还没有走出母亲去世的阴霾，经济危机便席卷而来。如果母亲还在的话，不管老板是谁，但凡看到这种状况，也不会忍心解雇他的。

与此同时，比他小八岁的妹妹埃塞尔辍学了。她在赚钱帮兄长还债。埃塞尔很有责任感，也值得信赖。在那段艰难岁月里，债台高筑的肯尼斯只得四处打零工。

终于，肯尼斯找到一份还不错的工作——依然是教书匠。这所学校远离闹市。他很庆幸能够来到这里教书。在他看来，还清债务并非一朝一夕之事，自己的生活也会一直清贫下去。好在功夫不负有心人，债务也一点点还清了。在此期间，他收获了很多乐趣。他终于"如释重负"，甚至还"小有成就"呢。就在此时，世界却朝着慕尼黑会议后的紧张时期迈进。

即便已经37岁了，他也依旧是个单身汉。不过按照他的情况，也只能是个单身汉了！因为他根本给不了伴侣任何东西，哪怕是安全感、声望或者随便什么东西。1941年，还没来得及"冒险"与他人缔结连理，他便踏上了第二次世界大战的战场。

很显然，他又做起了文员工作。因为在家里，他也很擅长舞文弄墨。在战争岁月，办公场地虽然偏远闭塞，但他也能乐在其中。他的灵魂也得以远离战场的侵扰。他一直有个疑问，这份工作的意义是什么呢？他只知道，有的人觉得这是职责所在，甚至他自己也这样认为。

1945年，他离开了战场。在纽约，见到了妹妹埃塞尔。之后，他和妹妹道了别。埃塞尔是他唯一的亲人，也至今未婚（或许是父母的缘故）。她早已长大成人，自己也过得很好。37岁的埃塞尔虽说算不上漂亮，但聪明能干。她还有着一份体面的工作，并不依靠自己的兄长。在那个经济动荡的年代，她那从容不迫的品质、直言不讳的胆量和绝对独立的个性，还真让吉布森先生有些担心。

他对妹妹感佩交加。最终，他还是深情地与之告了别。告别的场面也并不伤感。随后，他来到加利福尼亚，在一所文科学院的英语系任教。学院所在的城市并不大。它坐落于一个阳光充足的山谷中，这里也成为他永恒的港湾。

十余年来，肯尼斯·吉布森一直生活在这里，从未与他那唯一的亲人见过面。他坚持道德至上的原则，也总是以这样的理念向足球运动员、女学生和各路年轻人教授诗歌。显然，他不是波希米亚式[1]的可怜虫——没有狂野的眼神，思想也不够叛逆。他也不会像一个矫揉的美学家那样，傲慢地俯视资产阶级。他是一个体面又颇具内涵的人。他个子不高，大概只有1.7米，身材比较紧实。金色的头发上有几根零星白发，看起来不太显眼，这些都丝毫显不出他的年龄。大家都非常尊敬他。他的眼睛是灰色的，有一张能说会道的嘴，言语间不乏风

---

[1] 波希米亚式，也称波希米亚主义，指的是对传统不抱持幻想的人的一种生活方式。

趣幽默。

年轻人对他的处世之风颇为震撼。他们不知道，居然会有人如此认真对待教书育人这件事。他们应该亲自研究一下，看看到底值不值得这样。

他的工作很出色。总会对年轻人传达自己的诗学理念，即，诗歌绝不是一种矫揉造作之物……反而是一种蔚为大观之作。正因为有了他的"发声"，诗歌才有了今天的声誉。

他有喜欢的书，也有自己的友人，还能够享受孤独。他有自己的工作，也有自己的舒适房间。他可以体悟树木的美丽、天空的壮丽以及地平线上群山的巍峨，也能够欣赏凝结人类古老思想结晶的音乐。这些都是他的精神食粮。他有自己的生活。他甚至想当然地认为，自己的生活就这样一眼望到头了。直到，他在葬礼上遇见了罗斯玛丽·詹姆斯。一切竟变得与众不同了。

第二章

  吉布森（助教）和他的同事严肃地坐在幽暗的小教堂里，不得不"忍受"着残酷而必要的告别仪式。在此期间，他也会故弄一个小动作，以此分散自己的注意力。仪式结束后，当他看到罗斯玛丽·詹姆斯独自坐在旁边窗帘后的"家属区"时，心中满是不平。在此之前，他还从未见过这个可怜的女孩。如果早知道是这番景象，他一定会从社区里找个人来陪着她——不论是谁都无妨。或者，他自己陪她坐在那里，也未尝不可呢。他讨厌葬礼，无论是谁的葬礼都一样。他也发现了，但凡脑海中闪现她的"遭遇"，自己便难掩心中怒火。

  他在坟墓旁握住了她的手。他能够感受到她的孤独和苦痛。他深知，她已精疲力竭，陷入绝望。她必须得重拾希望——哪怕只有一丝希望也可以。要是没有希望，她便失去了生存的动力。

阳光洒满草地，却无法抹去哀伤。他们身后堆满了鲜花，他向她询问起来："令尊一定写了不少论文吧，是否都发表了呢？"

"我不知道。"罗斯玛丽回应道。

"那么，"吉布森先生说着，"你想让我帮着看看吗？这也不好说，兴许能找到一些有价值的东西呢。"

"噢，"她回复道，"有可能吧。我也不太清楚。"她似乎有点儿胆怯。她真是个小可怜！

"如果可以的话，我愿意去看看。"他和蔼地说道。

"谢谢，你是……吉布森先生吗？"

"那么，明天……是否方便呢？"

"方便，"她的声音有些颤抖，"你真是个好人，但这会不会太麻烦你了？"

"我很高兴效劳。"他回答道。经过一番深思熟虑，他还是说出了这句话。在墓前说"高兴"着实有些冒失，也会让人大跌眼镜。不过，只有这样，才能让她安心地接受帮助。

她再次向他道了谢。说的时候，还有些结巴。她是个害羞的年轻女子。太多的不安和困惑的"加持"，让她丧失了优雅的风度。她看起来估计还不到 30 岁，也不能说是个孩子吧。她身材苗条……不，应该说瘦得可怜。由于过度疲倦，她那瘦弱的身躯在不停地颤抖着。不知为何，竟还能挺得住？她脸色惨白，蓝色的眼睛里满是惊恐。由于悲伤过度，眼袋也十分明显。她那白色的眉毛和棕色的头发，如枯草般死气沉沉。她的嘴唇毫无血色，只能可怜巴巴地挤出一丁点儿笑容。好吧，希望她对明天有所期待吧，哪怕只有一丝期待也足矣。

"那就让我们拭目以待吧，"吉布森先生微笑地说道，"谁知道呢？说不定能挖到'宝藏'呢。"

她的眼神有了变化。他看到了她的眼睛里，闪烁着惊讶和希望的光芒。他很满意自己刚才的"表现"。

回家路上，他的怒火还未平息。罗斯玛丽实在太可怜了！看起来就像有吸血蝙蝠在吸她的血。这个傲慢易怒的老詹姆斯也可能被蝙蝠吸了血吧。这个老家伙的大脑"辜负"了他。在生命的最后十年里，一直在无助地探寻着自己的思想，但最终一无所获。吉布森先生非常同情这个女孩。由于受到了沉重的打击，她自身的魅力有减无增，看起来疲惫不堪。吉布森先生也对她心生怜悯。她不该一直遭受这样的折磨啊！

詹姆斯一家住在学校附近的一栋老房子里。他们住在一楼。吉布森先生一跨入门厅，就看到了这个穷困潦倒、漆黑不堪的家。这个地方就算曾经再怎么光鲜亮丽,现如今,也都褪去了光彩——看起来家徒四壁,一点儿也不敞亮。家里打扫得倒是很干净。但不知何故,看起来污渍斑斑,一切都显得陈旧破败。大概是因为从未有客人拜访过他们家的缘故,或许他们也从未看到过别人家是什么样子的,所以家里才会是这番景象吧。

此刻,他注意到,罗斯玛丽细心地整理好了自己的头发,衣服也刚用熨斗熨烫整齐了。她脖子上戴的一串蓝色珠子也锃光发亮。看到这样的场景,吉布森先生非但笑不出来,反而还有点儿想哭。

她怯怯地向他打了招呼,语气不乏郑重。她的内心十分忐忑。接着,她直接带他去了老詹姆斯的房间。

"哎呀!"他惊讶地说道。

一张老旧的平顶书桌上,横七竖八地堆满了论文。

"看起来像一个干草堆。"罗斯玛丽饶有兴致地开玩笑道。这着实让他吃了一惊。

"的确很像。"他对这个比喻很是赞赏,脸上也露出了笑容。"我们今天要'大海捞针'了。现在,你先在这儿坐着。不妨从'干草堆'的顶部出发,从中间直穿底部,直至桌面。怎么样?咱们一起?"

他们坐了下来。吉布森先生营造出了一种欢快的氛围。两个人"有条不紊"地进行着。她的呼吸逐渐平稳下来,话也变得多了起来。她是个聪明人。

不一会儿，他们陷入"僵局"，只能依靠"幽默"来化解了。这位老教授估计花了很长时间来写论文。很可惜，他的字迹潦草不堪。更糟糕的是，这些文字即便被破译出来，似乎也没什么价值。

吉布森先生强行说服自己，让自己去发现"有趣的"一面。"如果看到一个大写的字母'T'，从符号学的角度看，我认为可能是'Therefore'。"他说的时候好像已经丧失了信心。"你怎么看？当然，也可能是'Somewhere'。"

"或者是'However'。"罗斯玛丽兴致勃勃地回应道。

"'However'的可能性很大，"他说，"不过，也可能是'Whomever'。"

"'Whatever'呢？"

"我有种预感，这些文稿里面也会有字母'T'。'Wherefore'也有可能吧？莎士比亚不是有这样一句话吗？——'Wherefore art thou Romeo？'（该句引自莎士比亚的《罗密欧与朱丽叶》，译为"为什么他偏偏是罗密欧呢？"）詹姆斯小姐，你知不知道，这个词有可能指的是'Romeo'呢。"这样看来，任务一定会繁重无比。

"我不这么认为。"她郑重其事地说道。紧接着，她满脸惊愕，咯咯地笑了起来。

她如凤凰涅槃般浴火重生。她的笑声低沉悦耳，眼周的纹路也因为笑容而生动起来。本该如此啊。这样看起来才逗趣呢。她的眼睛也不再蒙尘，反而变得闪闪发亮，连皮肤似乎也光亮了不少。

"我敢打赌，它可以指代任何我们喜欢的东西，"吉布森先生满腔热情地说道，"你知道'莎士比亚密码'吗？"她表示没听说过。于是，吉布森先生便给她讲了讲这件轶事中的几处荒诞情节。

她的心情也放松了不少。他对她轻声说道："我觉得是时候看看最底下的文稿了。"

"你是说，他早期写的东西吗？"她一点就透，"亲爱的先生，我正有此意。"

"他很努力……在做研究。"她拿起了手帕，"他很勇敢，一直都在努力。"

他说道："是啊，我们也得努力找找。"

"抽屉里……还有成堆的文稿，"她"自告奋勇"地告诉了他，"有一些还是打印版的……"

"快让我看看。"

"吉布森先生，这可能需要很长的时间啊……"

"没事，"他温文尔雅地说着，"从一开始，我就没打算能在一个小时之内结束。你怎么样了？可别累着啊。你累了吗？"他觉得她一定很疲惫。

"不知道……你要不要喝茶呢？"

"如果有人愿意提供的话，我会喝点儿的。"他回应道。

她尴尬地站了起来。然后，把茶水端了过来。她其实早就有这样"大胆"的想法了。吉布森先生看起来精神抖擞。他目不转睛地盯着书桌和这些废旧的文稿。他不觉得他们俩能找到什么"宝藏"。他意识到，自己又犯了一个愚蠢而鲁莽的错误。他太冲动了。他什么时候才能长记性呢？他给了她无谓的希望。他最好能悄无声息地熄灭那已经燃起的希望。话虽如此，他不敢退却半步。因为希望这个东西对她来说太重要了。

他们一边喝着茶，一边吃着从商店买来的薄饼干……这是她能提供的最丰盛的下午茶了……吉布森先生觉得自己有必要"打探"一番了。

"这房子是你们的吗？"他问道。

"不是的，我们只是租下了半套而已。"

"你还会在这里继续住下去吗？"

"不会的。房子太大了，我一个人住不了。"

他担心她是觉得房租太贵。"冒昧问一下，家里还有现金？或者什么财产吗？"

"这些家具可以卖，还有一辆车。"

"什么样的车？"

"这辆车已经十年了,"她吞咽了一下口水,"兴许还能值点儿钱吧。"

"这就是令尊一辈子的……全部家当吗?"

"是的。"

"没别的东西了吗?"他机敏地揣测着。

"其实……还有一些家具。"她不再假装这些家具很值钱的样子。她与他对视了一番。"我得找一份工作,但我不知道要做什么……"她手里捻着珠子,"我希望……"她的目光投向了报纸。

"你会打字吗?"他立马问了起来。她摇了摇头。

"詹姆斯小姐,你之前工作过吗?"

"没有……因为父亲需要我。你也知道的,母亲去世之后,他身边就只剩下我了。"

吉布森先生对于她的境遇完全感同身受。

"身边还有没有人,能给你提供一些建议?你还有其他亲戚吗?"

"没有了。"

"你多大了?"他轻声问道,"我的岁数完全可以当你父亲了。所以说,你应该不介意我这样问吧。"

"我已经32岁。这个年龄已没有任何优势了,对吧?但我还是会找点儿活儿干的。"

在他看来,她目前最需要的是能有个住处。"你有朋友吗?你还有什么地方可以去吗?"

"我得找个落脚的地方。"她支支吾吾地说着。他也能猜到,她压根就没有这样的朋友。想必这个难缠的老詹姆斯,应该是把所有的好心人都赶走了吧。

"房东希望我在3月1日前搬走,"罗斯玛丽说着,"因为他想重新装修房子。不过,这个房子也确实该装修了。"

她神情紧张,眉头紧皱着。

吉布森先生无声地骂着这个房东。"你现在陷入困境了是吗?"他乐乐呵呵地说道,"我四处打探一下,看看有没有什么工作,可以吧?"

她再次瞪大了双眼,身体向上耸了一下。然后,摆出了一副满是惊讶的表情,她说道:"我不想给你添麻烦……"

"一点儿也不麻烦,"他温和地安慰道,"我可以去探探口风,这对我来说不难,对你来说却不一定。'招聘:高薪工作,适合没有任何工作经验的人。'亲爱的,看看这个。对你来说,也并非不可能!毕竟,大家也都不是带着工作经验出生的。他们不是照样找到了工作吗?"他把她哄笑了。"现在,我们可能会在这里找到一些有价值的文稿。不过,詹姆斯小姐,我还是要提前给你打个预防针。找出版商不是一件容易的事儿,并且也不会马上就能出版。这恐怕,需要一个漫长的过程。况且,学术类作品也很难赚到钱。"

"吉布森先生，非常感谢你的好意。真的不用这么麻烦。"

她并没有拒绝他。她已经精疲力竭，身体已然支撑不住了。即便如此，她还是直挺挺地坐着，好让自己显得得体一些。她不想让他有负担。

然而，她刚才所袒露的也并非实情。他得将好人做到底，努力帮帮她……让她继续抱有希望——哪怕只有一丝的希望。除此之外，他想不到其他什么办法了。

他轻快自如地说道："我想说的是，下次来的时间……让我想一下……就定在星期五的下午吧？来了之后，我们再处理那些打印版的文稿。现在，你也别把它弄乱了。与此同时，我还会帮你留意一下工作的。顺便说一下，你家的茶，味道还是很不错的。"

让吉布森先生感到庆幸的是，出门的时候，她没有再次向他道谢。

整个星期四，吉布森先生都很苦恼。他总是郁郁寡欢的，也试图不让自己去想这件事儿。

第二天，他来到了詹姆斯小姐的家里。（他必须去，他答应过的！）他们打开了老教授桌子下面的抽屉。那些打印版的文稿，其实大部分也都是私人信件罢了。那时候，老教授的意识逐渐开始错乱了，信的内容读起来愈发地颠三倒四了，愤慨之情也越来越强烈了。吉布森先生把这看成一件"有趣的"事儿。事实证明，也确实如此。然而，两个人却陷入"僵局"。哪有什么"宝藏"！

即便如此，吉布森先生依然没有放弃。他不停地打着电话。他很清楚自己在做什么。但凡当时能深思熟虑的话，没准也不会到这般田地吧！他太感性了，总是作茧自缚。他每次都这样。他很清楚这一点，没有人比他更清楚。他应该优雅地"全身而退"。她不应该成为他的负担。

他完全可以"明哲保身"的。看看慈善团体和公共机构，现在多得数都数不过来了。哪怕申请社会救助，也不失为一个很好的选择吧。即便中途离开，罗斯玛丽也不会怪罪他的。她只会继续对他感恩致谢——感激他迄今为止所做的一切，或者说，感激他打算做的一切。

不过，他的想法却不同于常人。他找到了让她重拾笑容的方法。这对于任何有组织的慈善机构来说，都无法做到。在这件事情上，他已经陷得太深了。这听起来有点儿可笑。他对于自己的所作所为，虽然也都"看在眼里"，但依旧"视而不见"。罗斯玛丽也看到了，她甚至还提醒过他呢。现在，为时已晚。他已经把自己当成了驴鼻子前的那根胡萝卜了……一旦失去了它，她很可能就会"停滞不前"，甚至活不下去……

在此期间，商贩们纷纷来看这些家具。他们也都轻蔑地开出了白菜价。卖书的钱少得可怜。有一天，有个家伙愿意出 50 美元买那辆古董车。当罗斯玛丽与吉布森先生商议后决定要出手时，那个家伙又不要了。总而言之，这些"财产"也都一文不值。

与此同时，吉布森先生还在帮罗斯玛丽物色一个工作。他发现，确实有一些工作不需要经验，却要求应聘者身体健康，有一定体力。所以，罗斯玛丽也不符合条件。还远不止这些呢，吉布森先生能明显地感觉到她快要崩溃了。他看到，她的房间变得愈发冷清了。对此，她却无能为力。在他看来，她能够保持自己的体面，完全是由一种异乎寻常的努力、与生俱来的自尊心以及倔强的秉性在支撑。否则，她早就因身心疲惫而瘫倒在地了。不论是打电话、聊天，还是哄她开心，都很有必要。在他看来，每周三次还远远不够。

她该怎么办呢？他开始变得焦虑不安。她没有钱，也没有力气。她好像吃的是……不确定她吃得如何。她很快就要无家可归了，3月1日也快要到了。

在2月25日这天，他又来到这里。他坚定地告诉了她，自己刚刚交了4月份的房租。

"你需要时间。你需要有个住的地方。不用客气，这个钱就算是我借给你的。没事，我以前也问别人借过钱……"

她抑制不住自己的情绪，哭了起来。他一时慌了神。

"好了，别哭啦，"他说道，"请……"

两个人"不约而同地"哽咽了起来。接下来，她告诉他，她担心自己会像父亲一样精神出现问题。她总觉得无精打采，这种感觉压得她喘不过气来。他听后一脸惊讶。他执意要让自己的医生来看看。

医生对罗斯玛丽的忧虑嗤之以鼻。医生也说了，老教授的病是不会遗传给她的。她瘦得可怜，营养也跟不上，还伴有贫血。她还有神经衰弱的毛病。在他看来，她除了要改变饮食习惯，还要保证充足的睡眠才可以。他想当然地认为，所有的问题已经迎刃而解了。

吉布森先生咬了咬嘴唇。

"吉布森，你来这儿干什么呢？"医生亲切地问道，"代行父亲的责任？"

在吉布森先生看来，医生肯定能猜得到。他买了药，嘱咐她一定要吃下去。他知道自己做得还远远不够。

当天晚上，一位同事偶遇了他。同事戳着吉布森先生的肋骨，开玩笑道："吉布森，你可真是个老狐狸啊！我听说，这些天你和老詹姆斯的女儿打得火热。你俩啥时候结婚呢？"

第三章

4月13日下午,罗斯玛丽在客厅里的土黄色旧扶手椅上坐着。此刻,吉布森先生竟然看到了椅子接缝处那堆积着的尘絮(吉布森先生总在白天下课后,来到罗斯玛丽的家里。)他心想,不论是谁,都无法在这个糟糕的环境下健康地生活下去吧。由此,他萌生了带她离开这里的想法。

她把头发挽了起来,用一条褪色的红丝带束在脖子后面。这并没有让她看上去年轻一些,反而憔悴了不少。

就像背书一样,她呆板地说:"我感觉好多了。可以肯定,吃的药见效了。我知道了症结所在,便放心了。"她的眼皮向上抬起,对吉布森先生说道,"吉布森先生,我希望你离开……别再来了。"

"为什么?"他心如刀绞般问道。

"因为,咱们两个人没什么瓜葛,你不必这么关心我。我们甚至连朋友都算不上。"

吉布森先生并不这样认为。

"我们现在当然是朋友。"他轻声"责备"道。

"你是,"她气喘吁吁地说着,"也是唯一一个……你已经帮了我很多,你为我做得已经够多了。你要庆幸,自己终于解脱了。拜托,别再来了。"

他起身走了几步。罗斯玛丽勇气可嘉,值得赞赏!他心乱如麻,继续问道,"5月1日之后,你打算怎么办?"

"如果没有别的办法……我打算回乡下。"她回应道。

"我知道,你不想麻烦我。你难道真的不想让我再帮你一把吗?"

她呆呆地摇了摇头,看起来几乎要耗尽最后一丝体力。

"他们告诉我,"吉布森先生看着破旧不堪的墙纸,喃喃自语着,"施恩比受惠更有福。然而,在我看来,这句话成立的前提是,受惠者要乐于接受帮助!"他补充这句话时,神情很是严肃。她吓了一跳,仿佛他给了她一记耳光。

"当然啦,真正'实践'起来的话,确实不容易。"他赶紧宽慰道。

接下来，他犹豫了片刻。问题就是，他的想象力太过丰富了。他本该知道，脑中规划得再好，最终也得付诸实践——或者在未来付诸实践。他坐了下来，向前倾着身子，郑重其事地说："罗斯玛丽，你能为我做件事儿吗？"

"不论任何事情，但凡我能做的话，"她哽咽地说着，"我一定义不容辞。"

"很好。现在，你就把我做的事情当作是理应要做的吧。你也别再反反复复地说感激的话了，可以吗？这会让我们都感到不舒服的。我不喜欢看你流泪，你知道吗？我真的一点儿也不喜欢这样。"

她紧闭双眼。

他说："我已经55岁了。"

听到这里，她的眼睛瞪得老大，神情颇为惊讶。

"我看起来不像吗？"他笑着说道，"好吧，之前也说了，我常年沉浸在诗学的海洋里。我一年赚7000美元。在向你求婚之前，我想让你知道……嗯……关于我个人的一些情况。"

她用双手捂住了自己的脸庞和眼睛。

"且听我说说嘛，"他继续温柔地说着，"我从未结过婚，家里也从未出现过任何女人。也许，一个人的世界总会缺点儿什么吧。这一点，罗斯玛丽，你恰好能弥补得上。你已经持家很多年了——这是你擅长的东西。我敢肯定,只要你振作起来的话,你一定可以做得很好。所以,我在想……"

她一动不动。她甚至不想透过指缝看到点儿什么。

"这可能是我们之间一个很好的'交易'了,"他继续说道,"不管你怎么想,我们都是朋友。在我看来,我们之间并非水火不容。即便在整理文稿的时候陷入了'僵局',我们不也一起度过了愉快的时光吗?我们可能会是一对很好的伴侣。你考虑考虑,不妨尝试一次?或者说,冒险一次?当然,也不是说,咱们永远就绑在一块儿了。倘若最后,咱们过得不幸福的话,那就离婚呗。在这个时代,离婚也没什么大不了的。尤其是……那么,罗斯玛丽,你信教吗?"

"我不知道。"她双手一摊,摆出了一副可怜巴巴的样子。

"好吧,我想……"他继续说着,"如果我们没有神圣的誓言……也就是做个'交易'……"他的声音愈发大了起来。"亲爱的,我自己并没有坠入爱河,"他直截了当地说道,"尤其是到了现在这个年纪,我更不会把情情爱爱挂在嘴边。这样做有点儿傻。我不会期待什么风花雪月的爱情,也不会对这样的爱情有所付出。我在考虑另一种可能性,我想坦诚一些。你能理解我吗?"

"我能理解,"她断断续续地回答着,"吉布森先生,我明白你的意思。不过,这压根就是一场不公平的'交易'啊,因为我对任何人都毫无用处……"

"不，你不是。至少，现在还不是，"他欣慰地应和道，"你也知道，我并不指望你下周一就去收拾家务。我还得想想呢。我也希望你能认真考虑一下……虽然我喜欢'快刀斩乱麻'。我不想欺骗你，我跟你说的也都是实话。"

"欺骗我？"她的声音有些沙哑。

"你不过 32 岁而已。我希望你对我也能坦诚一些。"

她把手放了下来。

"假如我说，我宁愿回乡下呢？"突然间，她变得有些尖刻。

"如果这是你的真实想法，姑且可以说出来听听，"他笑着对她说，"罗斯玛丽，你有什么爱好吗？"房间里的气氛瞬间轻松了不少。

"爱好？兴许算得上是个爱好吧。我……有过一两次。我有个花园，有一段时间，我很喜欢画画。"她看起来一脸茫然。

"罗斯玛丽，坦白说，我现在满脑子想的都是如何让你康复，如何让你振作起来。事实上，这件事已经成为我的爱好了。"他坐了下来，"说实话，我有点儿乐在其中呢，"他俏皮地说道，"我真的很想带你去一个明亮舒适的地方，那里吃喝不愁。在那里，你的身形不再枯瘦，性格也会活泼很多。"他叹了口气，"我实在想不出，还有什么能比这更让人开心的事了。"

她用手捂着脸，晃悠着身体。

"还没想好吗？"他不紧不慢地问着，"如果你的态度还是这么坚决的话，那肯定是谈不妥的。罗斯玛丽，究竟要我怎么做，你才满意呢？难道你不明白，我每分每秒都在担心你吗？我甚至自己都控制不了自己，你又怎能阻止得了我呢？至少，让我借钱给你吧。"他看起来心慌意乱，坐立难安。

"吉布森先生，我会做饭。"她低声说着。

"恐怕你得开始叫我肯尼斯了。"他不假思索地回应道。

"好的，肯尼斯。"她应和道。

4月20日，他们在法官的见证下举行了婚礼。

保罗·汤森也是见证人之一。事情是这样的。婚礼前五天，可谓既忙碌又兴奋。这天，吉布森先生正焦头烂额地找房子。其间，他偶遇了保罗·汤森。吉布森先生向保罗诉说了自己的烦心事。保罗竟然能帮得上忙。

"你知道吗？"他那英俊的脸庞仿佛在发光，"有个住处，堪称完美！我的房客一周前搬走了，油漆工明天也走了。真是太巧了！你可以马上搬进来。"

"搬到哪儿？"

"一栋小房子。我在自己家旁边的那块空地上盖的，可以当作你们的蜜月之所。"

"有家具吗?"

"有啊。不过,离学校有点儿远。"

"有多远?"

"坐公交车得 30 分钟。你不开车吗?"

"罗斯玛丽有一辆车,但已经是老古董了。贱卖都没人要。"

"那好吧。我这儿有一个车库,还不错吧!有客厅、卧室、浴室。有一个大书房,里面放了很多书架。有独立的饭厅和厨房。对了,还有壁炉……"

"很多书架?"吉布森先生疑惑地问道,"还有壁炉?"

"还有花园呢。"

"花园?"吉布森先生兴奋得已经不知所以然了。

"我其实是个园艺爱好者,你来看看就知道了。"

看了之后,吉布森先生也很是佩服。

下午三点,婚礼在一间简陋的办公室里举办——没有大张旗鼓。婚礼也没有什么仪式感可言。主持婚礼的法官是个不苟言笑的人。所以,多少会有些沉闷吧。这场婚礼除了邀请了必要的见证人之外,其他宾客均未到场。吉布森先生不想让同事看到他结婚的样子——他觉得这样挺好的。就这样,他和这个穿着蓝色旧西服的女人结了婚。她的脸色苍白，几乎站不起身。她的手指一直抖个不停。他费了好大的工夫，才把戒指戴在她的手上。

罗斯玛丽没有什么亲人。吉布森先生唯一的妹妹埃塞尔也收到了邀请。原本打算以此为契机，兄妹俩能缅怀一下"旧日时光"。可未曾想，人家压根没来。埃塞尔在信中说，以兄长的年纪，应该很清楚自己在做什么，只要兄长幸福了，她也会开心的。她还说，她尽量抽空去看他——可能在夏季的某一天。这样，她就可以顺便见见新娘了。最后，她还向新娘表达了祝福。

这场婚礼既简陋，又沉闷。虽然吉布森先生有过短暂的不安，但很快就烟消云散了。他把这种不安，视为理所当然的事情——就跟不小心吃错了药一样。

第四章

　　保罗·汤森和他十几岁的女儿，还有他年迈的岳母，住在一幢低矮的房子里。它的外墙是用灰墁粉饰的。房子面积不算小，周围的景色也不错。旁边还有条车道，可以通往吉布森先生的小屋。小屋是用砖和红木盖起来的，屋顶上面爬满了藤蔓。吉布森先生的书和文稿，成箱成箱地堆着。这些箱子，连同躺椅，已经放在了四四方方的书房里。书房紧挨着客厅，整整齐齐地陈列着不少书架，看起来挺宽敞的。吉布森先生和詹姆斯小姐乘出租车回到家，便看到詹姆斯教授多年前买的那辆笨重的古董车已经停在了整洁的小车库里。他打开房门，领着她径直进了家。他扶着她坐在一张蓝色的休闲椅上。她看起来奄奄一息，毫无生气可言。

吉布森先生有自己的治疗方案。他会全身心地投入其中，全力以赴地照顾罗斯玛丽。他向学校争取到了一周的假期。他打算用这一周的时间"刃迎缕解"这些"难题"。这间小屋唤起了吉布森先生内心的渴望——他想有个家。

在回到家后的一个小时内，他变得异常躁动。内心的热情喷涌而出，久久不能停歇。他让她感受了色彩的魅力。他问她，喜不喜欢黄色的窗帘？（他暗暗在想，在这个布满阳光的房间里，清新的色调，俨然成了健康的代名词。）他把自己的唱片机放哪儿了？他有了一个大胆的想法：尽量让她多接触点儿音乐。然后，他来到了厨房。老实说，他的厨艺并不差，但他还是恳请她给一些建议。他想尽一切办法，来吸引她的注意。

罗斯玛丽吃不下任何晚餐。面对未来，她还没有做好充分的准备。她虽然逃离了旧日的阴霾，但还是打不起精神。虽说一定会有个过渡期，但他还是担心，担心她会挺不过去。

所以，他坚持让她立刻上床休息。那间色调柔和的卧室，是她个人的专属。她躺了下去，他把药端给了她。他摸了摸她那干枯的头发，对她说道："现在休息吧。"她有些费劲地转过身去。

他花了一晚上的时间来整理书……他时不时地悄声走到她的房门

口。他想听听里面有什么动静。

第二天,她像具死尸一样一动不动地瘫在床上,只有眼神还在祈求着上帝的慈悯……

吉布森先生有的是耐心,毫无畏惧可言。每次给她送点心时,他都会不厌其烦地说几嘴俏皮话,逗她开心。他打开唱片机,整栋房子到处弥漫着音乐。在他看来,幽默、色彩和音乐,这三样东西能够治愈她……这种信念,扎根在了吉布森先生的心中。他也坚信,自己肯定能把她治好!

第二天早上,他进去取早餐托盘的时候,看到她正靠着枕头。她的眼睛望向窗外,透过窗帘,她看到了一大片玫瑰园。这是他们相识以来,他第一次见到她的脸上露出这样平和的神情。

"我以前总喜欢坐在地上,用手触摸泥土,"她对他说着,"手上沾的到处都是……"

"明亮的光,流动的水,这些你都喜欢吗?"

"是啊,我喜欢!"她激动地回答道。

通过这个与众不同的"是啊",他能感受到她那积极向上的活力。即便如此,他还是小心翼翼,不敢过于叨扰她。

第三天,罗斯玛丽起床后,穿上了一件棉质连衣裙。她尽力地在吃东西,好像是为了还之前欠他的债似的。晚上,他生了一堆火。在壁炉旁，他给她读诗。在他看来，她要成为他最优秀的学生了。为此，他感到十分欣慰。她听得很认真，整个人生机勃勃的。他要为她点燃"生命之火"。

那天晚上，她带着痛苦的神情对他说道："你太理智了。"这让他感到一丝后怕。他难以想象那八年的"不理智"时光，她一个人是如何度过的？对他而言，这也就不难理解，为何单单这一件事儿就差点要了她的命。

他那一周的假期也过得飞快。罗斯玛丽还帮着掸了掸书上的灰尘呢。当然，她所能掸的书目也有限。吉布森先生下个星期一就得回去工作了。星期五的时候，维奥莱特太太来了。

维奥莱特太太是保罗·汤森介绍给他们认识的。她是个保洁员，每天下午都在汤森家干活。她很年轻，身材苗条，手脚也很麻利。她留着一头乌黑亮丽的头发，皮肤细腻，红光满面，颇有异域范儿。她的长相和普通的美国人不太一样。看起来，倒像是东方人。很难通过她的长相判断她是哪儿的人。

至于别人对于她长相的微词，维奥莱特太太并没有放在心上。她专注于自己的工作，总是默不作声地埋头苦干。大家也都心知肚明，她完全可以凭借一双纤细有力的双手，把这所小房子收拾得井井有条。吉布森先生坚信，她肯定会"不负众望"的。感谢上帝！她可不像那些身不由己的苦差工,总是没完没了地抱怨命运的不公。她精神饱满,自尊自强。吉布森先生觉得她是合适的人选。罗斯玛丽也同意了。不过,她还是会担心花销的问题。

"在你完全康复之前,还是需要一个保姆的,"他说着,"好在维奥莱特太太的要价不算高,我们不吃亏。"

"至少,听起来还不错吧。"罗斯玛丽回应道。在她表明态度的时候,他能够感受到她的活力。

星期一,吉布森先生便回去上课了。他坚信,罗斯玛丽十有八九能挺过来。

他坐公交车回到学校。他不太喜欢开车。在他看来,自己的生活哪怕没有车,也完全不成问题。他把那辆老古董留在了车库里。罗斯玛丽什么时候想开就能开。她理解吉布森先生那虑无不周的"良苦用心"。这30分钟的车程,他一直思虑着自己的"用心"。时不时地,他也会露出一丝微笑,沉浸在这种喜悦之中无法自拔——或者说,这种强烈的狂喜之中吧。他以前从未有过这种感觉。

罗斯玛丽的胃口很不错。为了让他放心,她拼命地吃东西。他一回到家,就看到了这番景象。小房子在维奥莱特太太的打扫下已经焕然一新。罗斯玛丽向他讲述自己吃了多少个鸡蛋,喝了多少杯牛奶,吃了多少片吐司……他戏谑地说,她很快就会胖得像头猪,兴许到时候,他还会苦恼呢。

一天下午，吉布森先生从公交车站往家里走。在离家大概还有两个街区的地方，他看到罗斯玛丽坐在房子稍远处的一片草地上。这里离玫瑰园挺近的。于是，他改变了既定路线，悄无声息地向她走了过去。罗斯玛丽抬起了头。他看到，她的脸脏兮兮的，一只沾满泥土的手在鼻子上扫过。她正用她那纤纤玉指给一株玫瑰培土呢。

这片草地，潮湿肥沃。她告诉他，这里土质很好。吉布森先生蹲下来欣赏、体悟，去享受一个对他来说很新鲜的词——耕种！这个词，实在是太美了！他立刻心领神会。

她说，玫瑰需要有护盖物。为此，他还专门去了解过。她向他展示她是如何精细修剪这株玫瑰的，如何让花蕾向外绽放的。她似乎明白这株植物需要什么。在他看来，她对这株玫瑰的精心呵护，就像他诉诸她的感情一样，但他没有说出口。在扶她起身的时候，他能够感觉到，她竟可以轻盈地站起来。为此，他高兴不已。

一个星期六的早晨，他在房间里闲逛。此刻，他突然意识到，房子里为何只有维奥莱特太太在厨房里干活的声音？另一个人去哪儿了？他透过每扇窗户向外面"搜寻"着。终于，在后院的草地上，他看到了罗斯玛丽的身影。她正在晒太阳，手里还拿了把梳子。她正在慢条斯理地梳着头。在察觉到他的目光后，她还在继续梳着头。

这一幕让他震惊不已。她梳头的时候，魅力十足，仪式感满满，看起来是那么陌生……罗斯玛丽，一个谜一样的女人。或许在某一天，当她恢复健康、重拾活力的时候，她就变成了另外一个人。他不知道，和自己同住屋檐下的那个人会变成……

保罗·汤森是个不错的房东。他和蔼可亲，平易近人，从不咄咄逼人。在三个星期后的某一天，也就是说，在吉布森一家已经安顿得差不多的时候，保罗邀请他们共进晚餐。

这是他们第一次参加这样的社交活动。

罗斯玛丽穿上了自己最好的衣服，吉布森先生由衷地大声赞叹。那是一条深蓝色的裙子，看起来美丽动人。他表现得过分体贴了。他告诉她，只要她觉得好看，就一定得再去买两条……或者三条。罗斯玛丽默默应允着。这些天来，她答应了他的一切嘱托。她不再一味地对他感激涕零了，反而用一种优雅的方式来接受他的好意。

他们穿过了双车道，来到了保罗·汤森的家。这栋房子算不上宏伟，但能看得出主人是个能干的人。保罗·汤森是个化学工程师。他拥有学校附近的工厂和实验室。这些"产业"虽不能给他带来什么财富，但至少能让他过上体面的生活。

他是个鳏夫。妻子健在的时候，吉布森先生也从来没和她见过面。房间里好几处都挂着她的照片。照片上的人，那么年轻就离开了人世，着实令人惋惜！女儿珍妮和照片上的这个人长得不像。珍妮今年15岁了，还在上高中。她很讨人喜欢。她举止优雅，留着一头乌黑的头发；她的牙齿洁白无瑕，笑起来一脸灿烂。派恩太太是保罗的岳母。老太太是个残疾人，坐在轮椅上，看起来可怜得很。

晚餐虽不够正式，但还算得上丰盛。吉布森先生紧紧盯着罗斯玛丽。他不知道她在面对这些人的时候是否紧张？是否焦虑？身体能否吃得消？

老太太亲切地和他们唠了些日常琐事，也聊了聊自己的家长里短。她的脸皮包骨，不过看起来倒是很机敏的样子（如果暂且不提她腿脚不便的话）。珍妮坐在了这几个长辈中间。她负责给他们端菜。饭后，又帮着清理了餐桌。忙完之后，她便借口去写作业了。保罗非常友善，想得也很周到。不过，在他身上，多少还是有点儿社交焦虑吧。

他们聊了很多老生常谈的话题。吉布森先生忙着化解罗斯玛丽和友邻第一次见面的尴尬。他也深信，不久之后，罗斯玛丽肯定也能轻而易举地融入这个友爱的大家庭。他通过前一段时间的观察和交流，发现罗斯玛丽和保罗有着共同的爱好。于是，他总是引导保罗多聊一些和园艺有关的话题。保罗说的时候，罗斯玛丽听得很认真。同时，她也谈了谈自己的看法。吉布森先生也渴望加入他们的聊天之中。其间，保罗还戏谑地问了吉布森先生一个一语双关的问题：……你（身上）

有没有腐殖土（的酸腐味）呢？这也"激起"了吉布森先生的回答欲："没有护盖物。"罗斯玛丽咯咯地笑出了声。老太太满脸宠溺地笑了笑，她继续愉快地听着。气氛也越来越活跃。

晚上十点钟，他们道了别，就回家了。因为吉布森先生不想让罗斯玛丽太过疲劳。晚上有点儿冷，他们想尽快回去。两个人穿过保罗家门前的露天门廊，走下了台阶。然后，穿过双车道，从自己家的后门走了进去。他们绕过了几个崭新的垃圾桶。垃圾桶似乎也是每家每户过日子都不可或缺的东西。紧接着，他们穿过了昏暗的厨房——厨房看起来井然有序。然后，来到了客厅。客厅里还点着一盏灯。吉布森先生的心头顿时涌现出家的感觉。

"是不是很有趣呢？"他问道，"我看你玩得挺开心的。"

罗斯玛丽穿着那件蓝色连衣裙，站在那里。她慢慢地脱下肩上的深色毛衣。她看起来若有所思的样子。然后，她兴致勃勃地说道："竟然有这么美妙的时光。我从来不知道……"

这一席话让他震惊不已。他不知道该如何回答。她把毛衣扔到椅子上，顺势坐了上去。她抬头看着他，冲他笑了笑。"给我读点书吗，肯尼斯？"她用甜言蜜语"哄骗"着他。"十分钟就好了。这样，我就可以进入梦乡啦。"

"如果你喝完这杯牛奶，再吃点饼干的话，我就给你读。"

"没问题,那就四块饼干吧。"

他取来了这些食物。然后,他翻开书,读了起来。

紧接着,她舔了舔食指上的饼干屑,笑着道了声谢,很快便有了睡意……

吉布森·肯尼斯来到了自己的房间。这里已经有了他长期居住的痕迹。房间温馨有序,不乏一种独居男性的惬意。他躺在床上,眼花缭乱。他开始有点儿读不懂她了。

第五章

5月19日，他还没起床的时候，罗斯玛丽便已经准备好了早餐。她穿了一件崭新的棉质连衣裙。她说这是"居家服"，这条粉色的裙子很有春天的气息，她叽叽喳喳地说个不停。她说，她打算用一种新式肥料给花施肥。保罗·汤森也说过，这种肥料有奇效。她不知道，吉布森先生会不会觉得3.95美元的价格太贵了呢？不知道他晚餐想不想吃烤羊肉？也不知道他是喜欢薄荷酱配羊肉，还是更中意甜薄荷果冻配羊肉呢？清晨的阳光洒在低矮的石墙上，真是美极了！此刻，灰蒙蒙的墙上泛着淡淡的金光。为什么清晨的阳光如此"清爽"，而到了中午，却像蜂蜜一样"粘腻"？

"树荫的缘故？"他猜测道,"罗斯玛丽,如果哪天有机会的话,你不妨把你看到的景物画下来呗。"

罗斯玛丽告诉他,她的身体还没有好利索呢。不过,她已经很努力在康复了。她至少能感觉出来,一定是维奥莱特太太把厨房的窗帘洗得一尘不染的缘故吧,所以窗帘才能和早晨的美景相得益彰,所以她才会觉得如此"清爽"吧。吉布森先生应该也是这样认为的吧。

吉布森先生坐在桌子旁边,默默地看着罗斯玛丽。刹那间,他茅塞顿开。在他看来,真正的罗斯玛丽不是过去那个样子,也不是他一直所想的那样,而是今天早上这个样子!

罗斯玛丽身穿"清爽"的连衣裙,身形苗条有致,早已不再是瘦骨嶙峋的样子了。虽然她以前总是病恹恹的,但也没有落下佝偻疲软的病根。此刻,她直挺挺地坐在那儿。她那纤细的腰肢上,耸立着迷人的胸脯。她的肩膀也有了肉感。然后,是她的头发！头发浓密而有光泽,在阳光下闪着栗色的光。不禁要问,是如何恢复光泽的呢？脸庞也得说说。她的脸色不再苍白,脸上也没有憔悴的皱纹了。她的神情坚毅了许多,阳光也在她的脸上镀了一层玫瑰金。额头上增添的纹路可以看作是成熟的标志（看起来比年轻时额头上仅有的粗眉更有韵味）。她的蓝眼睛里闪烁着"奇思妙想",正在为当天的表现"出谋划策"呢。眼角处的小皱褶颇有特色,也为她增添了几分俏皮感。她的整张脸看起来如此生动……他不知道该怎么形容……像迷迭香一样迷人。耳边时不时传来她那低沉的咯笑声。

他的内心很是充盈。为什么呢？在他看来，她已经完全康复了！

吉布森先生暂时把这个"秘密"藏了起来。他面带微笑，鼓励着让她完成自己的"既定计划"……他对她说了"再见"。然后，就出门了。

他兴高采烈地坐上了公交车。她康复了！罗斯玛丽挺过来了！他让她起死回生了！

整整一天，他内心无时无刻不在想这件事——这可真是个奇迹！她也一次次地告诫自己，不去想这件事。然而，心里却像安了个铃铛一样，不停地提醒着他，让他不自觉地去想。

回到家后，他开始"观摩"这个"小羊羔"的言行举止。他看她饥肠辘辘地吃着饭，听她讲着今天一天做了什么。她声称，今天做的一切努力都是为明天打基础。紧接着，他坚定地对她说道："罗斯玛丽，明天晚上，我们要庆祝一下。"

"是吗？为什么？"

"你开车能开十英里吗？那辆老古董能开十英里吗？"

"当然能啊，"她高兴地说道，"肯定可以的！"

"明天，我们下馆子去吧。去一家我认识的餐厅，它就开在高速公路的路边。你肯定会喜欢的。"

"但是,为什么要出去吃呢?"

"庆祝一下。"他神秘兮兮地说着。

"肯尼斯,庆祝什么呀?"

"这是个秘密,"他回答道,"没准儿,明天才能告诉你。"

"到底是什么啊?"

"你别问了。"他看起来有点儿害羞了。他不想向任何人透露那个秘密——甚至也包括她在内。

第二天(也就是星期五)的傍晚,这辆古董车轰隆隆地驶上了城西的高速公路。车子的底盘很高,看上去颇有威严。它"步履蹒跚"地行进着,活脱脱就像一位身形健硕、仪态高贵的女总管。罗斯玛丽穿着一件新买的白色连衣裙。裙子的上身点缀着一朵红玫瑰,脖子上还围了一条红色的羊毛围巾。她开车似乎并不怎么费力,这让吉布森先生喜不自胜。在他看来,她的身体已经康复了,开个车也不在话下。这一点毋庸置疑。

吉布森先生提前来过一趟,特意订了座位。这家小餐馆的生意还是很火爆的。在昏暗的灯光下,在烟雾缭绕的氛围里,在酱汁所散发的香味中,两个人品尝着精致的法式菜肴。实在太有感觉了!说实话,这里的消费也不低。不过,难得庆祝一次嘛,价钱不是问题。

两个人喝了点儿葡萄酒。然后,大快朵颐地品尝一道道美味佳肴。

吉布森先生还不打算解释这次不计成本下馆子的原因。他还在一旁偷着乐。他们沉浸在这样的氛围里——烟雾缭绕，香气扑鼻，时不时传来别人的谈话声——两个人开心极了。吉布森先生知道，他是在"自我陶醉"。在他看来，罗斯玛丽也是在"自我陶醉"。就好像两个人扮演了演员或假面人的角色，虽说这个角色跟自己没什么关系，却能够以一种更自由、更真实的方式做自己。他不禁觉得自己风流倜傥，像一只撒欢的小狗，他很享受这种感觉。罗斯玛丽也觉得自己魅力无限。而在他看来，她确实很迷人。

接下来，到了茶点时间。他们还特意在咖啡里加了点儿白兰地。然后，这两个"世外高人"毫无征兆地回忆起了孩提时代的美好经历。

只因他的一句话，便转向了另一个话题

罗斯玛丽给这一段回忆画上了句号。

不过，他又"延长"了些时间。

两个人起身走动着。整件事还在"发酵"着，并且变得越来越搞笑。他们的行为就像一对疯子一样。吉布森先生笑得胃疼，笑得前仰后合。他不得不用纸巾捂着脸。罗斯玛丽双手捧起印在衣襟上的那朵红玫瑰，好像在痛惜着什么。他们的头撞在一起，身体摇摆着，纵情欢闹着。他们都相互示意对方，要保持安静。两个人，面红耳赤，眼眶湿润，喜笑颜开，无所畏惧……

人们纷纷转头，略带担忧地看着这对夫妻。不过很快，大家也都不怎么在意这两个人了。对于这些人来说，这可能是他们见过的最滑稽的一幕了。想必滑稽程度已经"空前绝后"了吧。这两个人自始至终都没有向大家解释，他们俩为何会这样？因为这是他们"专属"的快乐……

现在，人们被他们的笑容感染了，也正好奇地盯着他们。两个人都尽量控制着让自己别笑。那憋笑的嘴巴，还在小口地喝着白兰地。罗斯玛丽对着他们说了几个字，便走开了。在欢声笑语中，他们挪到了别处。

过了好一会儿，他们才平静下来。刹那间，伤感也袭来了。一切都戛然而止，也绝不会再来一次了。不能勉强，绝不能！他们坐了下来，喉咙残留的甜味有一丝满足感，而笑声的余味就像药膏一样熨帖。

"你什么时候能告诉我，咱们为什么要庆祝呢？"罗斯玛丽严肃地问道。

"我现在就告诉你，"他喝下最后一口白兰地，"庆祝你终于康复了。"

她的眼里噙满了泪水，什么也没说。

他轻声说道："时间不早了，我们该回家了。"

"好的。"她从身后捞起那条红色羊毛围巾。她整个人都在颤抖。侍者移了移桌子。他们站起身来，慢慢地走着，好像还陶醉在美味的菜品和欢乐的回忆中。他拿起柔软宽大的围巾，围在了她的身上。他想用围巾紧紧裹住她——给她安全感，也给她温暖。他手头的动作不由自主地变得温柔起来。罗斯玛丽低下了头。她脸颊上温润的肌肤，轻柔地贴在了他裸露的手掌上。一瞬间，有种触电的感觉。

就在这一瞬间，整个世界好像发生了变化。

吉布森先生跟着她来到餐馆的小门厅，老板帮着打开了门（他向他们道了句晚安。由于外边起雾了，他告诫他们开车要小心。）吉布森先生也只是下意识地应和了一下而已。他完全惊呆了。

吉布森先生刚刚发现，他竟然爱上了自己的妻子——罗斯玛丽。她比他小 23 岁呢，但这并不重要！他爱得发狂！现在他明白了"爱情"的滋味了。这就是爱情……爱情……爱情！

两个人沉浸在之前从未见过的美景之中——此景只应天上有。浓雾弥漫，动人心弦！

罗斯玛丽向后踉跄了一步，身子靠在了吉布森先生的身上。她休息了片刻。两个人到现在都还没缓过神呢！世间万物都笼罩着一层薄纱。他们看不清楚前方的道路。道路两旁的田野已经沉沉睡去。

"要不然我来开车吧？"他问道。

"肯尼斯，你还是别开了，"她回应着，"只有我能摸透这辆车的脾气。噢，景色真漂亮！"

两人之间有一种共鸣。他也非常珍惜这种共鸣。它太亲切,太新奇,也太美妙了!

他们上了车。车子发动后,老式发动机发出了阵阵轰鸣声。罗斯玛丽把车倒出了停车位。吉布森先生紧张地注视着前方,指挥着她行进。他几乎看不到外面的一切。她小心翼翼地开着车。这辆老古董还是很稳的。前后的路都看不清,仿佛世界在眼前消失了。他们无处可去,只能回家,还剩十英里就到家了。

在吉布森先生看来,过往的经历已然远去,未来的愿景近在咫尺。他只知道自己恋爱了。所以,一切都会变得焕然一新,一切都会变得美不胜收。

此时,突如其来的车灯,不知道从哪儿冒了出来。一辆汽车迎面向他们驶来。他看到罗斯玛丽突然用力拉了一下方向盘。他听到一声刺耳的声响,一阵疼痛也席卷而来。他失去了知觉⋯⋯

第六章

他被"五花大绑"了起来,身体被束缚住了。他就像一只狗,被人关进了笼子。无论他有多大的雄心壮志,依然无法离开这张病床,也挣脱不开囚禁他的东西。

"她怎么样了?"他问道,"你真的见到她了吗?"

他试着弯了弯身子,想看清这个女孩儿的脸。女孩儿拿着写字板,但是坐得太低了。他也只能瞧见她的头顶,看不到她的眼睛。

"没有啊,"他听到了她的声音,"我真的没看到她。不过,我和她的病房离得挺近。所以,你是想……打听点儿消息?吉布森先生,她没事。真的没骗你!大家不是已经跟你说了吗?"

"你说'没事'是什么意思？"他恼怒地质问道。他的腿被向上牵引着，看起来很狼狈，毫无尊严可言。他的身体被莫名其妙地束缚着。他的感官不再灵敏。伤病带给他无尽的羞耻和极强的冲击……然而，按照医院的说法，"没事"，难道指的就是没有生命危险？

"他们告诉我，她出去了一会儿，并且还受到了不小的惊吓，"那个稚嫩的声音说着，"我也就知道这些了，吉布森先生，请你……"

他晃了晃脑袋——这似乎是他仅存的"自由"了。刹那间，一阵苦痛涌上心头——他实在想不出，怎么才能让罗斯玛丽高兴一点。

"你疼不疼啊？"女孩充满同情地问道，"可能，我等会儿还会再回来的。"

"肯定很疼啊，"他说道，"我真的很难受。我被困于茧中，雾蒙蒙的，什么也看不清……"（是雾吗？他心里咯噔一下）。一定是因为吃了药的缘故吧，所以舌头也不听使唤了。"你看吧，我虽然感觉不到疼，但我知道肯定很疼，全身上下都疼。如果'疼'有意识，它肯定也知道我是这样想的。今天是什么日子？几点了？我在哪儿？"他充满戏谑地说出了这些话，脸上还伴着惊恐的表情。

"今天是5月20日，星期六，"她慢条斯理地说着，"现在是上午9点20分，你在安德鲁斯纪念医院。你是昨晚被送过来的。吉布森先生，不好意思啊，我现在得把患者的信息送到办公室去……"

"我知道了。"他冷静地回应着。

他很害怕，急得满头大汗。他害怕他们都没跟他说实话。不过，还真有这样的可能。在考虑到他遍体鳞伤、体无完肤的情况下，以他们的聪明才智，完全可以编造一个谎言，让他心里好受一些。他拼命睁大双眼，吃力地抬起头，透过蒙蒙的雾气细看这个女孩。"稍微坐高一点儿，要不然看不见你。"他要求道。

女孩抬起了头。她心想：天呐！他的眼睛也太好看了吧。如果他是个女孩，一定会美若天仙的，不是吗？我和我的姐妹们都是直发，这些男人却自来卷……她低下了头，免得被他读懂内心的想法。

"他们在对她做什么？"吉布森先生近乎疯狂地质问道。

"我猜，他们应该给她打了镇静剂吧。至少，我现在还不能跟她说话，可能他们想观察她几天……"

"就应该这样，"他兴奋地说着，"他们一定要多观察她几天。她身体一直比较虚弱。长期以来，她身体一直都不太好。这次弄不好还会让她重蹈覆辙……"

女孩叹了口气。然后，拿起了笔。"吉布森先生，我知道你的姓名，还有地址，但你的出生日期……请告诉我，我得填上这一栏……"

"很抱歉，"他说着，"1900年1月5日。这样子，就很容易算出我的年龄了。你甚至都不需要做加减法，是吧？"

女孩在"婚否"那一栏,填了"是"……

"吉布森先生,你结婚多久了?"她大声问道。

"五周。"

"啊,真的吗?"她对这个话题很感兴趣。接着问"有无子女,"她写了个"无"。然后,她停了下来。"这是你的第一任妻子吗?"

"我的第一个……也是我唯一一个……你能跟我坦白一件事吗?"他努力想看清她的脸。"她疼不疼啊?"

"你听我说,"女孩说道,她这次的语气倒是很坚定,"吉布森先生,我不会捣鬼的。其实,大家跟你说的都是实情。他们一致认为,她没有脑震荡。如果她的情况不妙,他们想瞒也瞒不住。放心吧,到时候,我肯定跟你说。"

他现在能看清她的脸了。这张脸和蔼可亲,好像在闪着光彩。脸上的表情也很真挚。"我相信你肯定会跟我说的,"他虚弱地说道,"你肯定会的,谢谢你。"

他在病房里,打不了电话。两个人在不同的病房,却好像隔了千山万水。他无助极了,甚至开始"异想天开"。他问道:"我能给她寄张明信片吗?"

女孩说:"以她现在的状态,她应该能下来看看你……至少明天,应该是可以的。"

"他们会让她（比我）先出院吗？"吉布森先生立刻警觉起来。

"嗯，我想是吧。毕竟，你还得再观察一段时间……"

"不能让她出院！"吉布森先生实在不放心罗斯玛丽一个人在家。维奥莱特太太可能会留下来陪着她，但维奥莱特太太总是不苟言笑……保罗·汤森虽然愿意帮忙，但不能让他们俩在一块儿。他惊慌失措，不知道找谁了。罗斯玛丽身边也没什么亲戚。他有啊！他想到了，他终于想到了一个人——妹妹埃塞尔。

"你会发电报吗？"他突然问道。

"我想，我可以帮你看看，或者让护士……"

"你来发吧，发给埃塞尔·吉布森小姐。"他把地址给了她，"你在记吗？内容是这些：'我因车祸住院了，别担心。罗斯玛丽没事，我们需要你的帮助。你能来吗？'"

"署名呢？"女孩一边问着，一边潦草地记了下来。

"爱你的肯。"

"二十个字。"[1]

"没事的，就这么发吧。你能替我垫付一下吗？我现在身上没钱……"

---

[1] 二十个字，指的是电报内容的英文字数，而非汉译字数。

"我去看看再说，"她安慰道，"他们可以记在你的账上。现在，你感觉好些了吧？还能继续回答表格中的其他问题吗？"

剩下的问题，他也一并回答了。

"好的，"她最后说道，"我想，我已经知晓你所有的'故事'了。放心吧，吉布森先生，我一定会帮你发电报的。"

"你真是个大好人……"

"再见。"她冲他笑了笑。她对他印象还是不错的。他看起来有点儿可爱，也不像55岁的样子。他的皮肤白皙紧致，棱角分明。一个女人要长成这样，不"趾高气扬"才怪呢！他和第一任妻子结婚才五周——听起来挺有趣的，还有点儿滑稽。"别太担心你的爱人哦。"她温柔地宽慰道。

"我尽量吧。"他向她保证道。他明知道她在打趣，但还是应和了一下。他原本以为，自己不会再对那些向他打趣的阿猫阿狗敞开心扉了。

她走后，他开始胡思乱想了。她其实对眼前这个人完整的一生不甚了解……一生就这样匆匆流逝了。他的内心不免失望，感叹幸福来得太晚了。好在他还能控制住自己的情绪，还可以定下心来。在不久的将来，他的伤口可能会慢慢愈合。是的，疼痛不算什么，总会苦尽甘来的。虽然时间不会治愈一切，但他也想奋力一搏。

要是罗斯玛丽从来没有经历过这些苦痛的折磨，那该多好啊！要是埃塞尔——他那可靠的好妹妹——能来的话……能帮他照看一下家的话，那该多好啊！他觉得妹妹在电报里的答复，一定会合他心意的。他心想，埃塞尔甚至会迫不及待地坐飞机来呢！兄妹俩之间的距离并不远——不像他与楼上病房的罗斯玛丽那样，隔着"千山万水"。只要埃塞尔能来照顾她，到时候，一切困难便会迎刃而解。

与此同时，吉布森先生看到他右边的那个人傻傻地躺在那里，只见一根管子正插在他的鼻孔里。这看起来有点儿恶心。那个人还把耳朵贴在枕头上。枕头下面有一个磁碟。它可以播放肥皂剧，跟变戏法一样。病房里挤满了人，他们都在竭尽全力地等待着……大多数人饱受痛苦的折磨。据他所知，其中还有些人相互之间还谈着恋爱。

吉布森先生躺在床上，回忆起了诗歌。这样可以帮助他减轻痛苦——回忆诗歌不需要动任何脑筋——还可以打发时间。

……那是亘古不变的印记

即使狂风暴雨，也永不动摇；

它是照亮每一只流浪狗的星星；

它的价值

不为人知……

不为人知……

不为人知……

他好像睡着了。

后来，在那段"不人不鬼"的日子里，他也终于等来了一封电报：

会尽快飞回去。

埃塞尔

吉布森先生深深地叹了口气，叹得他胸口发疼。

"我差点儿忘了跟你说，你的妻子很挂念你啊。"护士欢快地说着。

"真的吗？"

"她很想知道你的情况如何？还嘱托我，让我帮你把这个枕头放过来。现在，你感觉舒服多了吧？"

"颇为舒服，"他文绉绉地说着，"你能向她转达我的爱意吗？"

"当然可以，"护士兴高采烈地说道，"我马上转达。"

人们还算善良吧，吉布森先生并不是很满意这句话。不论是护士，还是妹妹埃塞尔都让他觉得，人们真的很善良！苦难总会过去的。

第七章

"你能来,真好!"第二天早上,他对埃塞尔说道,"你能来,真是太好了!见到你,我别提有多高兴了。"

"亲爱的老哥,什么也别想。"埃塞尔回应着。她站立的方式还是老样子。她习惯了两只脚一块儿受力,而不是像大多数人那样,把重心放在一只脚上,用另一只脚保持平衡。埃塞尔块头挺大的,但她也不怎么胖。她的胯部很结实,腿比较粗壮,肩膀挺宽的。她身着一身敞口的花呢子套装,上身还穿了件剪裁精致的衬衫。她留有一头短发,还能看出里面夹杂着一些灰发。她的手掌倒是宽大得很,手上没有戒指,也没戴手套。

"恢复得还不错嘛。"她由衷地说着。她那双棕色的眼睛明亮有神，脸上的表情也不像是在骗人（他突然意识到，埃塞尔长得太像自己的父亲了。现在她已经47岁了。）

"你感觉怎么样？"她问道。

"别问我的事儿啦，你也不怎么爱听。我想让你去看看罗斯玛丽……"

"我已经去看过罗斯玛丽了。"

"你去过了？"他大吃一惊。

"现在是早上十点，我的老哥啊，"埃塞尔说道，"我是半夜下的飞机。然后，坐运奶车过来的，早上五点到这里的。我已经见了你的房东。我在你家洗了个澡才来的。来了之后，就去看了罗斯玛丽。她住在一间半私用的病房里。哎呀，你这里真是不忍直视，和她那里相比，简直是天差地别。"埃塞尔瞥了一眼鼻孔里插着管子的那个男人。她没有退缩半步。

吉布森先生有气无力地"哦"了一声。他感觉自己被她的气势压得有些喘不过气。

"我猜想，我一定是吵醒了你的房东——汤森先生。不得不说，他还是挺热心的。我表明自己的身份后，他就让我进去了。至于其他的，他也没说什么。"

"保罗人很好的……"

"也很有魅力,"埃塞尔干巴巴地说道,"多少人幻想的白马王子!还是个丧偶的钻石王老五!我的天!肯,你住的房子可真小啊!"

"是吗?"

"我把行李放到了其中一个房间。我觉得,那应该是罗斯玛丽的房间。"她睿智的眼神说明了一切。

"没错。"他的声音听起来有气无力的。就在一瞬间,他无法想象,埃塞尔——这个干脆利索、聪明理智,并且精力充沛的女人,竟会住在这个小房子里。她给人的感觉,就像突然刮起了一阵大风,打乱了他原本理清的思绪。"埃塞尔,快跟我说说,罗斯玛丽怎么样了?"

"她毫发无损,"埃塞尔立刻回应道,"不过吧,她心情不太好。发生这样的事儿,她很自责。她还说了很担心你呀,诸如此类的话。我知道,当时是她开的车。"

"是啊,开的还是她的那辆车……"他开始回忆起当天的情形。

"汤森先生跟我说,那辆车损毁比较严重。我无法想象……"埃塞尔皱起了眉头,"一般情况下,伤得最重的应该是司机吧。看来,应该是另一辆车正好撞在了你这边。"

"另一辆车……"说的时候,吉布森先生依然心有余悸。

"另一辆车上有两个人,都没啥事儿,就受了点儿皮外伤而已。看起来数你伤得最重。肯，你只断了几根骨头吗？谢天谢地，你还活着，还能给我讲这个'故事'，真是万幸啊。"

"这个'故事'，我可讲不了，"他不耐烦地说着，"我什么都不记得了。"

"这样也好，"埃塞尔说道，"这也省得被审问了，也避免陷入僵局了。由此，也就没人敢起诉你了。"

"起诉？"他感到莫名其妙。

"你想想，在雾天，他们为何要靠左行驶呢？这肯定有违交规啊。那种情况下，罗斯玛丽还向左转了，这就是她的不对了。并且，警察还测出你们都酒驾了。"

"也就喝了几口白兰地……"吉布森先生伤心地咕哝道。

"这些警察的脑子都不转圈吗？"

"罗斯玛丽。"吉布森先生没有继续说下去。他发现，自己嘴里也就只能叫出她的名字了。

"肯，她是个好女孩。"他的妹妹说道。

"我知道。"他的心情轻松了不少。

埃塞尔冲他咧嘴一笑，眼神仿佛读懂了一切。她很"宠溺"自己的兄长。她开始问道："我猜，你一直在做善事。"

"嗯……"

"罗斯玛丽也没有多说什么。她跟我说,她当时身无分文。然后,又病倒了,十分落魄。在我看来,她的这种遭遇足以引起你的注意!"

埃塞尔调侃了一番。吉布森先生露出了冷漠严肃的神情。

"她已经快要崩溃了。所以,这正是我想让你来的原因……"

"很疯狂吧,不是吗?"埃塞尔冲他挑了挑眉。

"你指什么?"

"和她结婚。"

"大概是吧……"他生硬地说道。同时,还摆出了防御之姿。

"她很年轻,对吧?"妹妹埃塞尔说道,"容我想想,你现在已经55岁了啊。她把你当成了她的救世主,兴许你就是呢。"她笑得很真挚。

"我才不想当什么救世主呢,"吉布森先生忿忿不平地回击道,"不管是在地球上,还是在其他什么地方,我都不想当……"

埃塞尔冲他笑了笑。"心地善良的老肯尼斯啊,我应该不用担心你。你现在还没有开始和她交往吧?你也着实可怜啊,流浪的人儿,居无定所的人儿……"

"这很难说……"他继续说道。

"她似乎对你只有感激之情,"埃塞尔皱起了眉头,"当然,她也会忠于你吧……"她又调整了一下身体的重心,"据我所知,她不是照顾她父亲好几年了吗?"

"是的，有些年头了。这也是实情。"

"那他们俩的感情应该很深厚吧，"埃塞尔说道，"你还是去看看她吧。我觉得她转变了不少……"

吉布森先生好奇地歪了歪头。

"父亲的形象……"埃塞尔说道。

他垂下眼帘。

"她说你救了她的命，也帮她恢复了神智，"埃塞尔接着说道，"我一点儿也不惊讶，这就是你会做的事啊。"

"代行父亲职责？"吉布森先生轻描淡写地说道。

"这已经很明显了，"埃塞尔漫不经心地说着，"哪怕稍微懂点儿心理学，都能看出来。好吧，祝你俩好运吧。"

"她值得被爱。"吉布森先生轻声说道。

"是啊，她确实值得被爱，"埃塞尔的眼里满是宠溺，"你不也值得被爱吗？好了，我可是请了一个月的假呢。我现在就在你面前，一切准备就绪！"

"太棒了。"他低声回应着，感觉身体已经被掏空了。

"肯，你的房子好袖珍啊。坐公交车，未免也太远了。我可是飞行了3000英里才到这儿的。那些公交车司机真是冷血动物！他们开着两吨重的庞然大物，在'无辜'的街道上碾来碾去。吓死我了！"

"吓死你！"他戏谑道,"不要紧的,你是个勇士！你还好吧,亲爱的？"他又是逗她,又是夸她。

"有点儿厌倦了,"她坦率地说着,"有点儿厌倦了坐地铁上下班。肯,其实我觉得我还是喜欢这里的气候。"她抬起自己那厚实的下巴。

"喜欢就好。我们会在六个星期之内让你变成真正的本地人。"

"好吧,那就走着瞧。现在说吧,你需要我做什么？我能为你做什么？我要怎么帮你？"

他看起来稍微有点儿不安,但还是一股脑说出了自己的想法。他恳求道:"住我家,帮我照顾罗斯玛丽吧。"

"没问题。"埃塞尔回应道。他感受到她的"力量"正在发挥作用。他的心情也如释重负了许多。"我可怜的老哥啊,"她一脸慈爱地说道,"我们是不是……是不是……返老还童啦……尽管你脑瓜子好使得很。"

"我？"

"如果我能像你一样远离是非、远离喧嚣的话,我也会'全身而退'的。谁不想过这样一种'纯真'的生活呢。"

"纯真？"

"亲爱的老肯,"她说道,"你和你的诗歌都很'纯真'。"

当天傍晚,医生就让罗斯玛丽出院了。

"毕竟,"埃塞尔高兴地说着,"医院床位太少了,得留给病情更严重的人。要是我提前知道自己是来照顾罗斯玛丽的,我就会给她带一些衣物……不过,也不打紧。我们打算坐出租车回去。"

对吉布森先生来说,他几乎听不见,她到底在说什么——他也只是听到"嗒嗒嗒"的声音而已。因为他的注意力全在妻子罗斯玛丽身上——全在她的身心健康上。

她就站在他的床边。她身上穿着一件白色连衣裙,裙子上印有红色花束,看上去皱巴巴的。脖子上围了一条红色围巾。红色,衬得她的脸苍白了不少。

"你确定吗?"他质疑了起来。他觉得,她看起来还没好到可以出院的地步。

"噢,肯尼斯,我很抱歉,"罗斯玛丽突然说道,"我真的很抱歉。我多么希望受伤的人是我啊。哪怕让我做什么都行,就是不愿去伤害你……"她颤抖着说出了这句话。

"哎呀,别这么说,"吉布森先生说道,看起来有些惊慌失措,"这只是个意外。好了,小可爱……没什么好担心的。"他心想:唉,这次可把她害惨了。

"埃塞尔来了,"他安慰道,"罗斯玛丽,你们不妨以姐妹相称吧(他得说点儿什么,以便转移她的注意力。所以,也就只能把埃塞尔介绍给她了)。你们俩会相处得很愉快的。"他的神情看起来轻松自如。"我只能躺在这儿,腿也只能这样悬着——总得有个循序渐进的过程吧,一直等到骨头好利索了才行。就像做家务一样,星期一是洗刷日——最终,一定会痊愈的……"

他并没有把罗斯玛丽哄开心。她还在自责:"你看吧,我向左转了,我以为……"

"这不能怪你,"埃塞尔坚定地对她说道,声音还挺大的,"不是你的错。"

"我们肯定不会怪你的,"吉布森先生讶异地喊出了声,"你没有任何过错!罗斯玛丽,别再想了,别再提这件事了,好吗?就像我一样,什么都不记得了,只记得……醒来就在医院了。"他笑着对她说道。

"真的吗?"她看上去着实有点儿可怜。她舔了舔嘴唇,然后问道,"你现在感觉怎么样了?"

"我觉得自己很可笑,"他的回答很干脆,"而且很没面子,真的!"

透过她那面无血色的脸颊,他无法触及她内心的真实想法。他担心,惊魂未定的罗斯玛丽肯定还在纠结着事故的起因。她肯定还在幻想着:如果事故没有发生该有多好啊!

"带她一起回家吧,埃塞尔,"他恳求道,"罗斯玛丽,你得听埃塞尔的话,回去得好好休息。"

"肯尼斯,放心吧,我会听话的。其实,我也没受什么伤。"

"那就……晚安了,"他温柔地说着,"埃塞尔,你要好好照顾她。"(他想,她的确是受伤了,如果病情一下子又回到了"原点",那就太糟糕了!)他大声说道,"罗斯玛丽,我希望你能够安好!"

"肯定可以的,"她回应着,"我会好起来的。"

她好像只是为了取悦他,才这么说的。然后,她便离开了。

埃塞尔和她一起上了出租车,两个人也交谈了一番。她为这个陌生人——她的嫂子——感到悲哀(她想,称呼"嫂子"更准确。)这个可怜的人怎么会陷入如此荒谬的虚假梦境中?她的哥哥肯尼斯,就是这样一个梦想家,总有一些不切实际的想法。整件事让人唏嘘不已,埃塞尔试着安慰罗斯玛丽。

"你真的不该抱有这样的负罪感,"埃塞尔温婉地劝着她,"你要知道,你其实没必要内疚的。"

"我并不这样认为……"罗斯玛丽悲伤地说道,她的声音有些低沉,"你不知道我有多懊悔啊,我真的没脸见他了……"

"你别这样,"埃塞尔安慰道。"我知道,他为你付出了很多,但他就是这样一个人啊。"

"肯尼斯——"罗斯玛丽的声音坚决了许多,语气也尖锐了不少。

不过,埃塞尔还是打断了她。

"他虽然上了岁数,阅历也很丰富,但内心还是很脆弱的。有些人要是像他这样,还得找个慈善机构,还得帮助他们填补内心的空虚呢。"

罗斯玛丽有点儿上气不接下气了,她说道:"我非常爱你的哥哥,他真的很好,但我也恨……"

埃塞尔看着她,对眼前的这个人很是同情。

"那是自然,"她说道,"你也知道,我们也只会对我们所爱之人,产生恨意。"

"但我不恨他,"罗斯玛丽解释着,"我不能恨他,绝对不能。"

"你当然不会这样做了,"埃塞尔说道,"你所谓'绝对不能'就是问题所在。罗斯玛丽,你还很年轻。事情已经发生了,这不是你的错。为此,你真的没必要内疚。"

"但是……"

"我们都理解,"埃塞尔说道,"亲爱的,放松心态,别再耿耿于怀了。要不然,你给我介绍介绍这些好看的花吧。是天竺葵吗?太不可思议了,我还从来没见过呢。我是来照顾你的起居,帮你尽快康复的。我跟你说实话,见到你,我真的很高兴。我也趁此机会休个假,这个假期我已盼望很久了。你看吧,罗斯玛丽,我也有私心呢。这是人之常情嘛。"

"但愿如此。"罗斯玛丽看起来还是很沮丧。

"你很快就会恢复体力的,你会好好的……"

"我会的。"

埃塞尔觉得自己的劝导很有成效。她感到很满意。

吉布森先生虽躺在病床上，但心里还在担心着罗斯玛丽。他也意识到了，他们几个人的谈话不仅平淡无味，而且傻里傻气的，甚至还有些古板。这让他伤心不已。这和他想要的完全不一样。在这个拥挤的病房里，一侧的人呆滞地插着鼻管，另一侧的人则好奇地盯着罗斯玛丽。埃塞尔，也在这儿陪着。

吉布森先生做好了准备。接下来，他也只有等待了。他不会在这种场合公开示爱。直到完全确定了自己的"心之所属"，他才会表白。到目前为止，他对爱情究竟了解多少呢？他可能误把父爱当成爱情了吧。他对此也知之甚少。他单身半辈子了，毫无感情经历可言。所以，他也有可能会犯这样的错误。不管他怎么想，埃塞尔对罗斯玛丽的看法也许不会错。埃塞尔精于世故。她的判断还是很有参考价值的。他阴差阳错地把对方的感激之情当作了爱情。罗斯玛丽当然会感激他。他一想到这儿，就不寒而栗。按照埃塞尔的说法，他爱她已经爱到无法自拔了。好吧，他得摆脱这种想法，确保自己不受任何干扰……

他的心脏在缓慢地跳动，好像在奏着哀乐。

> 我只要见到你，哪怕一小会儿，
> 我的声音就立刻戛然而止……

他很明显地能感受到，自己满身伤痕地躺在医院的病床上，皮肤在粗糙的床单上摩擦着。病房里的灯照得他浑身上下都不舒服。餐厅里的场景仿佛已经过去很久了……迷雾的另一头……很远——像梦一样消失了。

想必他最不愿做的事情，就是惹罗斯玛丽不高兴了。此刻的她，神情黯淡了不少。他永远都不想她难过。作为她的养父……（吉布森先生的脑子里闪过这个念头。这太荒谬了！）他最好还是不要把这些愚蠢的想法吐露出来……至少现在还不能。哎，真是个可怜的姑娘——因为自己开车发生了意外，她便自责不已。埃塞尔很聪明，也很理智。她肯定能帮罗斯玛丽走出困境的。他不能在这儿坐以待毙，肯定不能！

吉布森先生叹了口气。他的肋骨隐隐作痛。他时不时会萌生这样的想法：自己在病床上动弹不得的样子，看起来也不怎么可笑，倒是可怜得很呢！他深陷其中……这一切都是他一手造成的，他必须硬着头皮走下去。至少，妹妹埃塞尔来了……上帝保佑她！

第八章

　　日子就这样一天天过去了。起初,埃塞尔和罗斯玛丽每天下午都会一起来医院看他。要不了多久,他就对她们的探望不抱有任何期待了。她们谈话的内容都是那么平淡无奇。她们俩依旧站在床边。病房里的其他人也都这样站着、交谈着。吉布森先生觉得自己好像是动物园里的动物,而他们来这里,也只是善意地寒暄两句而已。除此之外,毫无意义。病房里的人仿佛失去了理智,失去了信念,还失去了想象力。也就只能看到,病人的身体正在痊愈罢了——仅此而已。

　　到了第二个星期和第三个星期,埃塞尔经常一个人来探望。她说罗斯玛丽正在休息。埃塞尔给他讲了一些打趣的事儿。维奥莱特太太的工资确实是一笔不小的花销。不过，如果肯坚持留下她的话，也无妨吧。今天天气很好，罗斯玛丽怎么样了呢？她很明事理，吃得很好，两个人处得也很好。吉布森先生忍不住嫉妒了。她们过得还算不错。没有他，家里照样能运转下去。他希望自己能早点儿出院，但他还是没说出口。他告诉埃塞尔，自己在医院也挺好的。

保罗·汤森来过一两次。他们聊了点儿老生常谈的话题。两人的谈话，还是比较轻松。大家在家里都过得很好，都能相处融洽。遗憾的是，只有他孤零零的一个人。

只有学校的一两个同事到访时，他才会和他们聊得比较投机。这是一种久违的感觉，他好像在品读以前的老书。这时候，吉布森先生才能体会到探望的价值。

有一天，罗斯玛丽一个人来医院。埃塞尔跟她说，她不走了，打算长住下去。埃塞尔的这种想法并非儿戏。当天，她就开始到处找工作了。罗斯玛丽也说要去找工作，这让吉布森先生吃惊不已。

"毕竟，"她的站姿简直和埃塞尔如出一辙，"肯尼斯，你这一年的代课期马上就要结束了，接着就是夏天了。你又没有金山银山，钱总是要花完的……你的伤还得养养，这个夏天你就别工作了……虽然有买保险，但也报销不了家里所有的开销吧。"她顿时变得很沮丧。

"我没有理由不工作啊。况且，我现在已经恢复得差不多了……"

她看起来身体好得很呢。他不知道是什么让他坐立不安。他似乎从罗斯玛丽身上看到了埃塞尔那风风火火的影子,连说话的口气也大差不差……右侧床上那个新来的男人直勾勾地看着他们。他在听着他们说话。吉布森先生并不赞同罗斯玛丽的想法。

"女人,其实没必要像寄生虫一样依附男人,"罗斯玛丽说道,"除非,她嫁给了能养得起寄生虫的钻石王老五。"

"也许,有的女人就喜欢这样的男人,"他喃喃道,"有些男人,大男子主义得很呢,"他一脸严肃地"修正"了自己的观点,"如果你喜欢这份工作的话,"他对她说着,"罗斯玛丽……我们的花园现在怎么样了?"

"我觉得,挺好的。"

"你有没有试着在那面小墙上画个画呢?"他在摸索着,也在追寻着迷雾中的远方。

"没有,"她说道。"肯尼斯,我当不了画家的。画画只是我的业余爱好而已。埃塞尔说,人们总为了逃避现实而去做一些事情,而我恐怕……好吧,对职场……对现实世界了解得还不够。"

(吉布森先生心想,这的确像埃塞尔说的话。不过,还是对她有用的。)

"我想,我大概是在'避难所'里待得太久了吧。"罗斯玛丽说道。

"好吧……"他思考了一下,"我不知道该怎么形容。他在想,监狱在某种程度上也是个'避难所',但……"

"我现在明白了,"她坚定地说道,"如果我更理智一点儿的话,事情就不至于发展到如此棘手的地步了。如果我理性一点儿,能够正视事实……就不会落得如此下场……"

"以前的那个罗斯玛丽回来了,"他钦佩地说道,"你现在是一个坚定的年轻女人了。"

"没错。"她笑了笑。这样的称赞让她很高兴。"有些工作,我现在可以做了。"

"是的。"他也很清楚,健康的体魄是工作的基础。"好吧,"他叹了口气,"我从没想过让你永远待在那些英国佬常说的棉絮里……"他望着病房里那令人讨厌的天花板。

他开始吟诵着:

卷发姑娘,卷发姑娘,你愿意嫁给我吗?
你不用洗碗,也不用喂猪。你应该坐在软垫上,享用着
草莓、糖果和奶油。

她不禁笑了起来。(如果说这笑声有点儿矫揉造作、略显紧张的话,大概是为了顾及隔壁床上满脸胡须的男人,尤其是为了顾及他那震惊

和蔑视的脸色吧。)

"多么不均衡的饮食啊!"罗斯玛丽大声喊道。她试图让自己看起来高兴一些。

"过于丰盛了,可能会发胖的。"吉布森先生点了点头。他看起来有些昏昏欲睡。他悄悄地打量着她那股干练劲儿。他不禁怀疑,这真的是罗斯玛丽吗?自己是不是搞错了?

"你还需要更多的书吗?"她突然说道,"我不确定……"

他扭了扭头。"我自己连拿个书都费劲,"他可怜兮兮地说道,"也许是我读太多的诗歌了,'生活是真实的,生活是诚挚的'——我就在那儿。"他假笑了一下。

"埃塞尔跟我说了很多关于你的事,"他的妻子说道,"说你很乐于助人——"

"啊,现在嘛……"他吐了吐舌头。他不喜欢自己被这样捧着。和普罗大众一样,他也只是想让自己过得自在一些罢了。

"无论如何,"罗斯玛丽坚定地说道,"埃塞尔和我都会照顾你的。现在,也该轮到我们照顾你了。"

(吉布森先生很排斥这样的话。不过,他觉得这或许是一个契机,能够让她卸下包袱,不要总是感激涕零的。如果她还是执意要这样做的话,他就只能选择默默"忍受"了。)他的眼神在闪着光。他跟她说,这是一件值得高兴的事。

她走后，他便转过头去。他也不理会这些病友的好奇之心。他回忆着刚才的画面。他意识到，罗斯玛丽的决心和干劲儿对她来说也是一种负担。她强迫自己完成一场与过去完全不同的蜕变。但是，她现在需要这样做吗？如果她觉得这样做对他有所助益，他也一定会接受这样的"恩典"。

吉布森先生现在只想摆脱自己那沮丧的心情。他不再想以前和现在的得与失了，因为多想也无益。他应该要弄清楚，罗斯玛丽学着去承担责任，她这么做究竟是为了什么？他这一生担负了太多的责任，自己也乐在其中。他还要摒弃掉这种站不住脚的直觉……罗斯玛丽内心有一些……隐秘的东西……她看起来不太对劲儿。此刻的他，心情很是低落。说到底，他还是会胡思乱想的。人不能只靠面包活着吧。女人也不会只满足于奶油和草莓吧。

在以前，他总喜欢引用一些诗歌，而且引用的大多是描写爱情的诗歌。现在，他要努力改掉这个习惯。也许，他们中的所有人……

有一天，吉布森先生吓了一跳。他发现自己大腿上几块被严重砸伤的骨头，竟不尴不尬地长在了一起。他得进行一系列的修补手术。否则，腿就瘸了。这也是一笔不小的开销。并且，手术的成功率也得不到保证。

他对埃塞尔和罗斯玛丽说,这都"不重要",即便自己瘸了点儿,也不打紧。

然而,他试着下地走了两步,意识到从今往后得一瘸一拐了……这似乎又变得"重要"了。

他终于出院了。埃塞尔坐出租车来接他。罗斯玛丽在家守着壁炉。快到的时候,他看到罗斯玛丽正站在小屋门口迎着他。吉布森先生拄着拐杖,摇摇晃晃地进了客厅。他对家的渴望,在这一瞬间涌上心头。

家里的陈设好像有些认不出了,现在走的是"可爱风"。很显然,家具也翻新了。他所眷恋的东西往往出自主观印象,但不可否认,他的记忆也肯定会出现某些偏差吧。椅子摆放的角度也不一样了。他觉得站得有些痛了,便坐了下来。

珍妮·汤森手捧花束,诚挚地来看望他。每个人都装成一副家里还没有被鲜花完全布满的神情,都在欢迎着这个孩子的到来。她勤快有加,礼貌有度,举止得体,引得了所有人的称赞。

接下来,她的父亲悠闲地跟在她的身后进了门。他穿着休闲服和白色T恤。他的体格颇为健硕。手臂和脖子上那深深的晒痕,在白色衣服的勒衬下显得格外显眼。经过医院的一顿折腾,吉布森对那强健的体格分外眼红。

"真他妈的遗憾。"他说道。这句话,他之前在医院已经说过两次了。"这样的事情不可避免,因为我们无法预知。谢谢你,罗茜。"

罗斯玛丽端着茶水。她的手微微有些颤抖。

"我想,你肯定会被她们照顾得很好,就像我一样。"保罗咧着嘴笑了笑,"家里的女人们会好好照顾你的。"他的双手托着两盏易碎的杯碟。这双晒黑了的手,大得惊人。

"我确实被无微不至地照顾着。"吉布森先生说着,便接过埃塞尔递过来的一块磅饼。他的手,白得没有血色。(她一直认为,这已经是一道相当美味的甜品了,吉布森先生却还要在糕饼上抹一层糖霜。这一吃法着实让人捉摸不透。)

"这倒是提醒我了,"埃塞尔说着,"肯,刚才说到照顾……维奥莱特太太的薪水要得太高了。她也不值这个价啊。"

"如果你们俩都出门工作,那谁来照顾我的吃喝拉撒?说说看?"吉布森先生温文尔雅地问道。

"但是,我们也不是即刻就去工作啊,"罗斯玛丽赶紧解释,"我们得等到你彻底康复了。"她坐在椅子边上,卑微得就像一个初来乍到的仆人,像是要急于找到自己的位置,急于取悦主人一样。他真想对她说:"好好坐下吧,罗斯玛丽。这就是你的家。"

这时候,埃塞尔也开口了:"肯,即便我们都出去工作……我还是不喜欢让一个外人在家里。家里得需要有自己人看着才行。外人免不了会铺张浪费，冰箱里的东西还会莫名丢失呢。"她的脸上布满皱纹。就是这张脸，竟然拿人性的弱点来消遣。

珍妮说道："维奥莱特太太已经在我们家做了一年多了。她总能把家里的一切都收拾得井井有条……"

"呀！"埃塞尔回应道，"可是，亲爱的，也只有你这么觉得吧。你那可怜的祖母……不就是自己人吗？打理好一间房子其实也并不难吧。这么多年，我总是一边收拾着家务，一边还出去上班。我们两个人可以分担……我们都是身强力壮的成年人了。对于我们来说，简直易如反掌。"

"罗茜现在也康复了。"保罗说道。

珍妮的眼睛仿佛在闪光。她说道："我喜欢维奥莱特太太。"

"请个用人，简直太浪费了，"埃塞尔继续说着，"我还是喜欢自己收拾家务。"

吉布森先生嚼着磅饼，一股强烈的情感涌上心头。他已经意识到，自己甚至不能问妹妹埃塞尔打算在他家住多久了。她大老远前来慷慨相助，为了他和罗斯玛丽，放弃了自己干了这么久的工作。他不可能赶妹妹走，所以，也只能让维奥莱特太太走了。

现在，哪怕椅子的摆放角度，都能敏感地触及他那愤怒的神经。

菜单上有磅饼,还有一些特定的菜样。罗斯玛丽从不把自己当成这个家的女主人。埃塞尔会睡在罗斯玛丽房间的另一张床上。

他感到羞愧不已。他绞尽脑汁地想了想,他真是个卑鄙小人!小气又自私!(他也是个傻瓜!)32岁和55岁之间差了23岁。无论他怎么算,怎么琢磨,都想不到更好的解决办法。他有一个自己的房间,床也是自己铺的,可以舒舒服服地与书为伴。

这个忘恩负义的家伙!在这间舒适的小屋里,还有两个全心全意照顾他的女人。他还不知足吗?他还是消停一会儿吧!吉布森先生应该抹去,甚至应该忘却这个愚蠢的想法——他已经爱上这个女人,他还希望得到她的爱。现在已经是很好的结局了……他听到了自己内心的呐喊。他以后的日子将时刻布满阳光,善意之心和感激之情都会围绕着他。

保罗·汤森站了起来,伸了个懒腰。不经意间,他那健硕的体魄被一览无余地展现了出来。他说,他得走了。他原本在修剪常春藤,中途休息才过来的。"顺便说一句,罗茜,"他笑起来暖暖的,"你如果真想要一些扦插枝条的话,我这里有很多。"

罗斯玛丽回应道:"谢谢你,保罗,但我没有时间……"

"你当然有时间!"吉布森先生愤慨地喊道,"别让我这么为难……"

她也只是笑了笑。保罗说他会在水里储存一些。在这期间，珍妮一直都是只见其人，不闻其声。她起身要走时，甜甜地说道："吉布森先生，看到你出院了，我真的非常高兴。"

吉布森先生用余光瞥见了埃塞尔的脸。为此，他也见怪不怪了。这种表情的言外之意就是她不想吐露自己的心声。这让他感到一阵不安。就在一瞬间，吉布森先生觉得眼前的这个妹妹看起来很陌生。

"差点忘了，"保罗在门口说道，"我母亲向你问好。吉布森，你有空也过来坐坐吧，她一定会很开心的。"

"改天，一定上门拜访。"吉布森先生尽量表现得热情一些。之后，罗斯玛丽便送汤森父女出了门。

"他们人真好，"她转过头说道，"肯尼斯，你还要喝茶吗？"

"不了，谢谢。"吉布森先生绞尽脑汁想找个话题。他抬高了声音，"珍妮很文静，对吧？她是个好孩子。"

"和同龄人相比，我觉得她算不上文静，"埃塞尔说道，"虽然她安安静静地坐在那儿，却像老鼠见了猫一样……她非常依赖她的爸爸。不管是有意还是无意，大概是害怕他爸爸再婚吧，并且害怕得要命呢！"

"为何要这么说呢？"吉布森先生好奇地问道。

"她一定是这样想的，"埃塞尔解释着，"当然，他肯定会再婚的，这无可厚非。在我看来,他意气风发,事业有成,很讨女人喜欢。况且,他经济条件也不错。我担心,他能否把持住自己,估计哪天来了个金发女郎,十有八九会缠住他不放的。"埃塞尔拿起最后一块磅饼,"我猜他其实只是在等老太太去世之后再考虑吧。不过,他要是敢在珍妮上学之前或者谈恋爱之前再婚,估计会招惹麻烦。"

"什么麻烦?"罗斯玛丽礼貌地问道。

"免不了被妒忌呗,"埃塞尔回应道,"尤其是青少年,他们往往会对继父或继母产生敌意。"

"我不太了解珍妮。"罗斯玛丽喃喃自语,她看起来不太高兴的样子。

"这些青少年也不想吐露他们内心的真实想法,"埃塞尔说道,"他们内心总喜欢故作深沉,把自己隐藏起来。"她大声叫嚣着。

从她说话的语气来看,她似乎很了解这些年轻人。

吉布森先生在他的课堂上认识了许多年轻人。但是,他也会提醒自己,师生之间不能越界。从表面看,至少他们都很尊重他。他们会在课堂上滔滔不绝地提问,课堂气氛也总是很活跃,学生们甚至还会向他卖弄一番呢。但在私人时间或社交场合,他和学生们接触很少。为此,他还是违心地做出了这样的评价:"他们很难懂。"

"我们不也是这样吗?"埃塞尔用她那狡黠的眼神瞥了他一下,"你想不想知道，我正为谁而难过？"她继续说着，"派恩老太太，真是个可怜的人呐！"

"据我对她的了解，她好像过得还不错，她并没有什么遗憾吧。"吉布森先生补充道。

"这还不够明显吗？"埃塞尔反驳道，"自己年老体衰了，所有的一切都指望女婿了。这还不够惨吗？我每天都看到他们把她推到前廊上，她就坐在那里晒太阳。可怜的老太太，不管她承不承认，她肯定知道自己是个拖油瓶。她也很清楚，自己如果哪天死了，她的亲朋好友也都会松口气。如果我老了，无依无靠了，"埃塞尔铿锵有力地说着，"我就去住养老院，你别忘了。"

"那我得拿根笔记下来。"吉布森先生颇为严厉地说道。实际上，他已经在脑子里算了一笔账。这让他痛苦万分。他想到，再过20年，罗斯玛丽才52岁，也就比现在的埃塞尔大不了几岁。不过，埃塞尔的身体倒是比罗斯玛丽好很多。那时的他——肯尼斯·吉布森，已经75岁了……年迈体衰，还可能疾病缠身……可能——啊，上帝保佑！——这不就是下一个詹姆斯教授吗？如果这样的话，罗斯玛丽不也是巴巴地等着他死吗？

他看起来有些疲惫。"我恐怕得去休息一会儿，抱歉。"

她们把他搀扶到房间。他躺在了自己的沙发上。在他的书本之中——在他一生的心爱之物中——他眯了一小会儿。他的脑海中闪现出罗斯玛丽那张千疮百孔、万分忧伤的面容。

　　他的两条腿,长短不一。看样子,以后的日子也得……完了,他又瘸又老,这辈子也就这样了。

第九章

　　小屋的生活很快形成了一种"定式"。几个星期之后,吉布森先生还是认真地思考了一番。在他看来,人,一旦被某种特定的状态束缚住了,就应该像头牛一样(如果这头牛会踢人的话),立刻发起"反击"。这个东西,真的太可怕了。一旦养成,哪天想改变的话,就已经来不及了。

　　当然,妹妹埃塞尔也并不是有意要掌控一切。她公平公正,也十分理性。她只是独立惯了,一向喜欢自己做决定。他觉得自己的身体,依然很虚弱(情绪上也总会冲动),所以也不怎么在意埃塞尔的"所作所为"。想必,罗斯玛丽也不会有什么异议的。在她看来,她能做的也只有感恩戴德了——对吉布森先生心存感激,对埃塞尔也同样如此。

不论"风云"如何变幻，夫妻俩都得按照埃塞尔自己的时间安排行事。他们虽然早早地吃过饭，但还是觉得早上的时间不够用，还有琐事一大堆。下午的时间，专门用来午睡。睡醒了，就开始早早地准备晚饭。菜品都是按照埃塞尔的口味来做的，因为饭是她一个人做的。吉布森夫妇也是好说话的人——那就随她的便吧。

晚上，他们三个人聚在一起，把大把的时间都花在音乐上。埃塞尔来决定听什么。殊不知，都是些朴实无华的古典音乐罢了。有时候，也会听一些具有启发性的庄重乐调。他们也会就埃塞尔选的乐曲讨论几句。埃塞尔说了对音乐的想法，他们都能听进去，也纷纷表示赞同。吉布森先生不喜欢争辩。

埃塞尔还喜欢下象棋，但罗斯玛丽对象棋提不起任何兴趣。记得有一次，吉布森先生对着书本大声朗诵了半小时，埃塞尔却用一段犀利而博学的脱口秀打断了他。她形容勃朗宁先生是维多利亚时期的"妇女之友"。吉布森先生也确实否认不了这个事实。于是，脑海中便浮现出了一幅滑稽的场景。他也只好将书放回书架，默默地向这位诗学老友表达了歉意……

事实上，他现在还和埃塞尔住在一起。

在纽约那么多年，埃塞尔已经"戒掉"了社交聚会。她喜欢现在的"三口之家"。在她看来，三个人的相处已经堪比一群人的聚会了。家里很少有人来串门，保罗·汤森或者珍妮倒是勤来勤往。他俩的来访现在也激起不了什么波澜。保罗看起来轻松随意，珍妮却总是彬彬有礼。

吉布森先生的老友们也不怎么登门。他仿佛完全脱离了这个"象牙塔"，远远躲进了这间小房子里，与所有的工作绝缘了似的。

他和埃塞尔住在一起，罗斯玛丽也和他们住一块儿。举例来说，如果吉布森先生需要护理，当然了，还得靠他的妹妹。与这位认识时间相对不长的罗斯玛丽相比，埃塞尔护理起来也更方便……

吉布森先生觉得自己掉进了温柔的旋涡中，动弹不得。他也不清楚自己应不应该挣扎呢？罗斯玛丽全然听信埃塞尔，似乎不想再和他单独待在一起了。他猜，是不是罗斯玛丽出了什么问题？噢！她很出色。她总是忙忙碌碌的，也积极肯干，很讨人喜欢……可他俩疏于交流，似乎渐行渐远了。吉布森先生只好穿上"盔甲"，同样保持彬彬有礼之姿，以此来掩盖内心巨大的疑惑。

在一个阳光明媚的清晨，吉布森先生在客厅里坐着。他不愿意在门口待着。在门口，他总会不自觉地看到汤森家的门廊。派恩太太总是孤零零地坐在门廊的轮椅上。他不喜欢看到这样的场景，也可能是因为阳光强烈地从天上直射下来，太过刺眼的缘故吧。又或许，他早已习惯了这样"与世隔绝"的生活。在身体抱恙的时候，尤为喜欢这样的生活。不管怎么说吧，今天早上，他坐在家里，心里不禁想到成年人之间刻意保持着相互忍让之姿，维持着毫无意义的和谐氛围，不仅累人得很，还会勾起不小的怒火。他发觉，自己还从来没有遇到过这种情况呢。

就在他思考着如何打破"定式"的时候，内心已经在隐隐作痛。他看见维奥莱特太太正在除尘（埃塞尔和罗斯玛丽都问过他是否介意。他也说了，自己一点儿也不介意）。他看着那利落的身姿在协调地移动着。她看上去像是在打发无聊的时间。维奥莱特太太有点儿不太善解人意啊。她不动声色地干着手里的活，一副严肃的样子，丝毫不顾吉布森先生的感受。此刻，这倒让他的内心为之一振。她在挪动壁炉架上的装饰品的时候，忽然感觉身后有什么东西。于是，她扭头瞅了一下，突然一个摆动，手中的抹布便朝着一个蓝色小花瓶甩了出去。瓶子瞬间掉了下来，摔碎了。

"噢，天呐！"埃塞尔轻手轻脚地走了进来，"那是汤森先生的。"

"我们再买一个就行。"吉布森先生下意识地回应道。

维奥莱特太太毫不费力地蹲了下来，开始收拾着碎片。她背部的线条，纤细笔直。

埃塞尔喊道："可惜了，这么好看的蓝色花瓶啊！我昨天不是才说过吗？"

"我不是故意的。"维奥莱特太太怒气冲冲地辩解道。

"你肯定不是故意的，"埃塞尔试图抚慰，"但你也无能为力啊。"

吉布森先生看着维奥莱特太太，他开始眨巴着自己的眼睛，她为什么会这么生气？

罗斯玛丽被争吵声惊动了，她从卧室里走了出来。"太糟糕了……我觉得这应该值不了多少钱，是吧？"

埃塞尔回应道："是啊，不值什么钱。我在折扣店里见过，价格也不贵。"

"没事的，维奥莱特太太，"罗斯玛丽立即说道，"千万别再划伤你了。"

"不会的，吉布森太太。"维奥莱特太太站了起来。她"斗胆"盯了埃塞尔一会儿。然后，她不屑地说道："我会赔的。"接着，她拿着花瓶碎片，穿过客厅，向厨房走去。

"我们不能让她赔，"吉布森先生开口，"这就是个意外而已。"

埃塞尔阴阳怪气地笑着。"她似乎不觉得是个意外，"她若有所思地说道，"真奇怪！"

"你什么意思，什么叫不是意外？"吉布森先生满脸诧异。

"她这么做，肯定就是想发泄对我的不满。"

"埃塞尔！"

"她就是这样子。就在昨天，我亲口夸过这个花瓶颜色好看，她也听到了。她对我不满,因为我老检查她的工作,检查的次数比你们俩多多了。"

"但是……哪里需要检查?"他有些困惑。

"哪里需要?"埃塞尔坐下来,叹了口气,"哎,我觉得吧,用人肯定会在主人的眼皮子底下偷东西,还不会叫人察觉。你俩肯定察觉不到的。"

这一席话,让吉布森先生觉得自己"初出茅庐"。他以前从没有这样想过。

"我觉得,她不会偷东西的,"罗斯玛丽放低了声音,欲言又止,"你觉得呢,肯尼斯?"

"当然不会!"他大声吼道。

"当然不会?"埃塞尔嗤笑着,"没有'当然不会'这回事儿。这些'外国佬'对'诚实'这个字眼的看法和你们是不一样的。她不觉得这是偷窃……只会说,你们能这样做,那么我也可以。"

"她偷了什么?"罗斯玛丽的脸涨得有点儿红。

"偷了吃的东西。"埃塞尔一脸神秘,"那些'外国佬',都会偷吃的。他们觉得,吃的东西不是雇主家的财产。"

"对啊,她也就是吃了点东西而已。"罗斯玛丽说道。

他们之间起了争执,吉布森先生羞愧地屏住了呼吸。

"这并不是一些不打紧的小事啊,"埃塞尔慢吞吞地说着,"你们不至于一点儿戒心都没有吧?你们竟然不相信有人会偷东西?你们要是出了这个'桃花源',真不敢想象会发生什么?这个世界充斥着各种'妖魔鬼怪'!"

"真的吗?"吉布森先生很生气,"我压根都不相信,维奥莱特太太会故意打碎花瓶。我也不相信她会偷东西。埃塞尔,事情发生的时候我就在这儿呢,我目睹了整个过程。"

"你觉得你目睹了整个过程?"埃塞尔仿佛在对着一个单纯的孩子说话。

他很震惊。

"这也无非是她打坏的第一件东西而已。她干活的时候,还是可圈可点的……"罗斯玛丽解释道。

"确实可圈可点,"埃塞尔也肯定了她平时的表现,"当然,这确实是她打坏的第一件东西。不过,你们有没有发现,自打我到这个家,她就很讨厌我。所以说,她就打碎了我的心爱之物。这样看来,我非但不怪她,反而还能理解她呢。"

吉布森先生眼神涣散,视线也开始模糊了。"埃塞尔,看在上帝的分上,"他气急败坏地说着,"谁都会有失手的时候!"

"根本就不是意外。"埃塞尔倒是显得很冷静,"肯,你有时太过单纯了。她下意识地就是想报复我。她就喜欢你这种雇主，可以对她放任自流。但是，我可不是省油的灯。"

"你到底在说什么？"吉布森先生十分惊讶，"这肯定就是个意外。她当时扭头看了一眼，还不是因为你吓到她了……然后，她的手……"

"不是这样的。"埃塞尔说道。

"等一下。"吉布森先生回过头，想看看罗斯玛丽的反应。不过，她已经不在这了。她去哪儿了呢？这让吉布森先生感到惴惴不安。

吉布森先生转过身，严厉地说道："埃塞尔，你对她的疑虑，仅代表你个人的立场。我可不敢苟同。"

"这是疑虑？"埃塞尔叹了口气，"难道不是正常的防范吗？事实上，亲爱的，"她亲切地说着，"所有人都不可能永远待在一个浪漫诗意、至善至美的'桃花源'里吧。总得有人出来面对现实。"她眼神明亮，目光真挚。他看到后很害怕——害怕这双睿智的眼眸。她冲他说道："要面对现实。"

"什么现实？"他怒气冲冲地问道。

"现实，充满着恶意、怨恨以及私利——这些都是人的意识中必不可少的部分——也是人们行事的真正驱动力。亲爱的老哥，哪怕你的头脑再清醒，你所看到的也只是冰山一角罢了。你轻而易举就会被这些花里胡哨的表象所迷惑……"

"我可真容易被迷惑啊！"

"肯定是的，"埃塞尔温柔地说着，"肯，你根本不知道发生了什么。你甚至连皮毛都不了解。你总像个圣徒似的，太过天真了！你一直都是这样。当然，我很欣赏你这样……如果所有的圣徒每天都在不切实际地空想，"埃塞尔叹了口气，"那么，总得有人站出来，首先揭开真相吧。"

"我还是没有任何理由，"吉布森先生固执己见地说着，"不信任维奥莱特太太。"

"你确实没有理由不相信任何人，"埃塞尔对吉布森先生展现出了极大的宽容，"直到这件事突然出现，偏偏砸中了吹毛求疵的你。我亲爱的老哥，你总是在刻意回避这世上那些令人作呕的真相。祝你好运。"

他盯着她。

"抱歉，"她看上去满脸歉疚，"我确实不该对你说这些话……"

"有什么不应该的呢？"他喊道，"如果你相信你所说的……"

埃塞尔避之不答。他说道："你知道吗？你真的很像我们的母亲？肯，你生来就该是女人，而我生来就该是男人。"

"什么，你在说些什么？"他喊叫着。

"没什么，别在意。你的世界充斥着诗歌，充斥着堂吉诃德式的善良，充斥着信仰，所有的一切都相得益彰……"

"那你的世界又充斥着什么呢？你将其称之为'现实'的那个世界……"他略显愤怒地质问道。

埃塞尔毫不留情地反驳了他。她看着他的眼睛，说道："我的世界？无非就是各种捅刀子，无非就是种种小人的卑鄙行径。不过，这也没办法。不管你喜不喜欢，都由不得你。毕竟，你也是动物嘛。"

"你说，维奥莱特太太是故意打碎花瓶的？"他琢磨了一番，试图找一些确凿的证据来回击她。

"不过，她肯定不是存心这么干的，"埃塞尔说着，"你不明白。但是，她确实想利用打碎花瓶这件事把我惹恼。事情就是这样。"

"我还是不信。"吉布森先生说道。

"那就别信了，继续保持你的善良吧……就像歌词里唱的那样，对吧？"她朝他咧嘴一笑。他知道她的揶揄也算得上是一种道歉吧。"肯，你就像一只小羊羔，人人都喜欢。但是，我终究变不成小羊羔啊，这又不是我说了算。现在，你该不会还在生我的气吧？"

他觉得，自己此生都没有像现在这样心烦。他也不知道为什么，心里就是很担心罗斯玛丽。于是，他挣扎着站了起来。然后，拄着拐杖，一瘸一拐地进了厨房。

维奥莱特太太麻利地擦洗着橱柜。罗斯玛丽也在旁边。她呆呆地望着窗外，看上去很孤独。

"好了,维奥莱特太太,"他开了口,"我想告诉你,我来赔这个花瓶吧。这不是你的错。"维奥莱特太太耸了耸肩,也没说什么。

罗斯玛丽赶紧说道:"肯尼斯,维奥莱特太太说她打算辞职不干了。下个星期,她就要和丈夫一起走了。"

"是吗?"他闷闷不乐地问道。

"对,我们要去山里了,"维奥莱特太太回应着,"为了一家子的生计,他要找一份新的工作。如果能找到的话,我们就留在那儿了。"

"留在牧场啊,那实在是太好啦!"罗斯玛丽看起来非常兴奋,"我们会想念你的,维奥莱特太太。"

维奥莱特太太没有任何回应,她才不在乎别人想不想她呢。吉布森先生也不再生埃塞尔的气了。对于那件事,他还是愿意相信自己的眼睛。

"我们要不要再雇一个人?"他忧心忡忡对罗斯玛丽说。

"不用,"她回应着,"不用,我可以的。埃塞尔和我也是一把好手呢。"他读不懂她的眼神。

"但是,万一哪天,埃塞尔要去过她自己的生活呢?那时……"他说道。

"绝对不行!"罗斯玛丽提高了语调,"如果是这样,那也太遗憾了!肯尼斯,你唯一的妹妹,刚来的时候,如雪中送炭……"他看见她将手放在了厨房椅子的圆木上,她的指关节还泛着青色。罗斯玛丽继续说道,"她那么聪慧,那么善良。"

吉布森先生很震惊。罗斯玛丽有点儿不对劲。她仿佛变成了一个八竿子打不着的陌生人。如果她仍对他闭口不言的话,他怎么知道发生了什么呢?

她用眼睛上下打量着他,他感到……害怕。埃塞尔说得对。他肯定错过了一些事。他感到失落,从罗斯玛丽眼里泛出的焦虑和压力究竟源于什么呢?

"是的,她一定会的。"他心不在焉地说道。

与此同时,维奥莱特太太在厨房里使劲擦洗着水池。埃塞尔走了进来,神采奕奕地对她说:"亲爱的,是不是开始做午饭了?我来弄蔬菜吧。"

保罗·汤森在院子里的矮石墙边打理着什么。他还在休假,珍妮的学校也放假了,她在院子里跑来跑去,派恩太太还是坐在门廊里。这一家子的"家长里短",都被一览无余了。

第十章

吉布森先生脑子里在盘算着什么。

罗斯玛丽脸上愁容不展,让人捉摸不定。他实在受不了了,他得先找到困扰她的原因。此外,他还要确保她以后别再为此事忧虑。只要"厘清"这个"处理方案",并且势在必行,他就会宽心很多。

不过,他下定决心不打算向任何人打听消息。虽然埃塞尔对此事也很好奇,但他坚信,就凭着埃塞尔的那股子聪明劲儿,那股子机灵劲儿,她肯定也会知道内情的。实际上,她也不知情。他想要"快刀斩乱麻",准备直截了当地问罗斯玛丽——问问原因到底是什么。但是,他会私下偷偷问。

看样子，应该可行。今晚，他不会再像之前那样直接进入梦乡了，他打算……

当埃塞尔"宣布"休息时间到了的时候，她便一如既往地像往常那样准备入睡——夜幕降临，世界静寂，独守空床。吉布森先生就寝的时候，已经不需要别人帮忙了——他不需要埃塞尔了——埃塞尔依然习惯性地帮他铺床盖被。他会先让埃塞尔去睡觉，让罗斯玛丽留下。他会告诉埃塞尔："埃塞尔，我想和罗斯玛丽单独说会儿话，你介意吗？"

她也不能说介意吧。她为什么要介意呢？这是明摆着的事。就在吉布森先生这么想的时候，他脑海中有了一个预设的情景。他看见埃塞尔笑了笑……点了点头，然后说了句："当然，我不介意。"她的表情相当有趣，看起来睿智了不少。她对他也满脸"宠溺"。不过，他却不愿意看到她这个样子。

她的表情和医院里的那个女孩一模一样。这个表情看起来很"做作"，多少还有点在调侃他有多么爱自己的妻子的意味。拜托，没必要这么敏感吧！好吧,那就赶紧行动吧。当他和罗斯玛丽单独待在一起时，他该怎样做才能让她吐露心声呢？

午饭过后，他一瘸一拐回到客厅。他脑袋里盘算着：该怎么说？该如何表现得既委婉又能达到目的呢？这会儿到了午睡时间。他并没有像往常一样，立马回书房，或者说是卧室吧。他也没有拉下百叶窗，只是静静地躺着。此刻,他站在东边的窗前,望着对面的车道。他竟没注意到保罗·汤森赤裸着上身,弯着身子,正在后院的草坪边修剪花草呢。整个假期,他都热情洋溢地忙着他的园艺事业。

他能听到女人们在厨房里干活的声音,但也没怎么在意。他知道维奥莱特太太在熨衣服,罗斯玛丽和埃塞尔在洗碗碟。一切,都和平时没什么两样。

他虽然也像往常一样,但满脑子都在盘算着如何打破这种"惯例"。突然间,他听到罗斯玛丽的声音变得高亢,不满和愤怒溢于言表。他倒是没听到她讲什么,只感受到了她那亢奋的情绪。

紧接着,厨房的门"砰"的一声关上了。他竭力观察着,他看到保罗·汤森直起了身子,抬起了头。他还看到罗斯玛丽跌跌撞撞地走进了他的视线里。她走得很慢,看起来心不在焉的样子。

他看到保罗扔掉了手中的长柄除草机,快步走向她。

他看见保罗关切地低下了头。

他看到罗斯玛丽在发抖,不断抽泣着。

他看见保罗伸开了双手。

他看见她瘫倒在保罗的怀里。这一切看起来似乎毫无违和感。

吉布森先生把头扭了过去,转身离开了。他的眼睛什么也看不见了。客厅里黑压压的一片,像夜间一样黑。黑暗的光刺向了他的眼睛。

他一定是弄出了什么声响,不然埃塞尔也不会问"发生了什么?"他知道埃塞尔就在卧室里,并且还向他身后的窗外瞥了一眼呢。他突然感觉埃塞尔那强壮有力的手正搀扶着他。

埃塞尔扶着他进了卧室……他现在悲痛万分,只得让人扶着了。片刻之后,吉布森先生的视力逐渐恢复了,心情也平静了许多,他感到前所未有的自在。他坐在皮椅上,将拐杖小心翼翼地放在地板上。然后,轻声地问道:"你刚才说了什么,让她哭成那样?"

埃塞尔抿着嘴巴,好一阵儿都没说话。"亲爱的,别在意,没事的,"紧接着,她柔声细语地说着,"刚才,罗斯玛丽误解了我的意思。她觉得我在责怪她……好像我真要责怪她一样。她当时激动得很……"埃塞尔拍着他的膝盖,"哎呀,肯,刚才那一幕,太让我们失望了。不过,我觉得这也说明不了什么。至少,现在还说明不了什么。"

"是吗?"他机敏地问道。

他的妹妹长长地叹了口气:"肯,我原本不想说的,但还是不忍心看到你被玩得团团转……"

"我被玩得团团转?但我只是想……"他理了理自己的思绪(他并没有说"首先"这个词),表情很是痛苦,最后补充了句,"想让她好起来。"

"我敢肯定,你就是这么想的,"埃塞尔对他说道,眼神里流露出体贴,"你难道就从来都不'往前看'吗?你难道就没有意识到,罗斯玛丽已经不再是原来的那个女孩了吗？"

"我知道。"

"她还年轻，至少对你来说……"

"我知道，我都知道。"

"在她身体抱恙的时候，"埃塞尔说，"她感觉自己老了不少。现在看来，她年轻得很呢。她肯定不会觉得自己已经年老色衰了。"

吉布森不喜欢这种小孩子式的直白。

"我知道。"他重复道。

"哎，我可怜的肯啊。你做过的最愚蠢的事情……莫过于把她带到这里，让她和这个家伙做邻居。这个家伙，甚至和她还有着共同的爱好！你要知道，发生这样的事，几乎都是你一手造成的。"

埃塞尔的这些话，让吉布森先生一时无法接受。他以前从未这样想过。罗斯玛丽和保罗！他辩解道："他们……他们俩不会的……"

"他们俩关系一直都不错。肯，现在听我说，罗斯玛丽是个好女孩，她对你很忠诚。但她毕竟很年轻……"（可以想见，吉布森先生的脑子里一定有个声音在嘶吼。）"这俩人的年龄很匹配。况且，保罗还独具魅力呢。我觉得我已经猜到了最后的结局。"埃塞尔悲伤地说着。

吉布森先生静静地坐着，思忖着自己的愚蠢之举。租这个小房子，难道租错了吗？他预感不到，接下来的结局会怎么样？他以前从未这样想过。

"天底下的帅小伙都一个样,"埃塞尔继续说道,"我想,他只是有点儿不知收敛罢了,也或许是大大咧咧惯了。他总是不由自主地释放自己的荷尔蒙,情不自禁地展露身体上那迷人的线条。其实,也不能怪罗斯玛丽,她也是受害者,她不知道自己竟这样被迷住了,她的身体倒是很诚实。这些都是人为无法控制的事情,我亲爱的老哥,你应该马上从这儿搬走。"

吉布森先生还在思忖着自己的愚蠢之举。他终究还是欺骗了她,他口头上承认,他确实已经预感到了这一切(是啊,他确实预感到了!现在,他回想起……这种事很容易就发生了,自私的当事者把人耍得团团转。即便如此,他仍可以忘掉这一切。)当然,他不会怪罗斯玛丽的。"我不怪她,"他大声说着,"一点儿都不怪。"

埃塞尔温文尔雅地回应着:"你得明白,她只是控制不住她自己而已。"

"她肯定……"他可以想象得到罗斯玛丽的痛苦,"但是保罗……"

"坦白来说,我不知道保罗对罗斯玛丽而言有多大的吸引力。她算不上漂亮,不过,看着还算清秀,淑女范儿十足。就是他们离得太近了,这倒成了连接两人的纽带了。"埃塞尔觉得自己好像是个局外人一样。

吉布森先生感到很悲凉。他一点也不相信,自己的妻子竟然会被保罗给迷住。

"在保罗看来,两个人真正的阻碍,其实在于他的女儿。噢,我刚才看到珍妮一直盯着罗斯玛丽看呢。"埃塞尔露出了精于世故的神色。

吉布森先生过去会这样想,现在也是这样想的。珍妮很文静,一动不动地坐在房间里看着每个人。

"他们中间还有个老太太呢,"埃塞尔继续说着,"保罗不可能堂而皇之地冲进去……然后,就是所谓风流韵事了……最后,两个人出门。肯,罗斯玛丽从本质上来看,对你还是很忠诚的。她现在回头的话,还为时不晚。"

"是啊,确实不算晚。"他回应道。此刻,他回想起一些往事,确实让他百思不得其解。当时,他们去保罗家聚会了。回来的时候,罗斯玛丽站在客厅里,若有所思地说了句:"……竟然有这么美妙的时光……"而那一次不就是她和保罗"互相陪伴"的第一个夜晚吗?他猜想,那个时候,他俩是不是就已经有了斩不断的情愫了呢?这种事根本就没法避免。他现在感觉自己又老又瘸的。

"如果你想挽留她,"埃塞尔说着,"我知道你非常喜欢她。罗斯玛丽也深深地喜欢着……"

"我是喜欢她。"他严肃地答复道。言语间,也没有提到"感激"这一数次都让他生厌的字眼。"可是,我并不打算……该怎么形容呢?

为我的付出讨要回报。"

"你很明智。"埃塞尔说道。

"其实是因为,"他一本正经地说,"在结婚之前,我们还专门讨论过离婚的可能性。"

"啊,那么……"埃塞尔叹了口气,随即面露喜色,"我很高兴。很可能,最好的结局就是给她自由吧。这样一来,回想起这件事,便会有不同的感受。你和我倒是可以凑合着过下去。"埃塞尔深思熟虑地补充道。

"可以。"他说道。

"我们的日子很惬意,肯定会过得不错。并且,还能远离是非呢。我们有自己的工作,还能为自己的晚年做一些打算。肯,我俩都没养宠物家禽什么的,也没有孩子。也许,咱俩就应该互相陪伴吧。"

"也许吧。"他接受了这个提议。

"肯定不会在这栋房子里……"

"不会的。"

"如果罗斯玛丽和保罗·汤森结婚……"

"绝对不会的!"他看起来是在强装镇定,但剧烈的抖动即将瓦解他的内心,"肯定不会的。"

"不过,千万不要鲁莽行事,"埃塞尔警告道,"如果保罗不是……

也就是说，如果只是保罗一厢情愿的话，那么罗斯玛丽肯定需要咱们的……"

"她需要从咱们的'人情债'里脱离出来，"他严厉地说道，"不然，她怎么能确保……"

"你说得太对了，"埃塞尔兴致勃勃地说道，"不过话又说回来，如果你足够宽宏大量，罗斯玛丽本性也不坏的话——我也相信她的为人——那咱们就不用担心了。"

（他知道自己只是碰到了点小问题而已，肯定会处理好的。）

"总有一天，当她鼓足了勇气，就会来找你的，"埃塞尔说道，"我想说的是，当我看到你愿意直面'真相'的时候，我终于如释重负了。亲爱的老哥，我一直都很担心你。黄昏恋对于一个单身了半辈子的人来说，极具吸引力。同时，也极具杀伤力啊。现在，要不你休息一会儿？"

"我也正好想眯一会儿了。"吉布森先生"勇敢地"撒了个谎。

他躺在床上。他既然没办法站在罗斯玛丽的角度设想她的处境，不妨就设想一下自己的晚年会是什么样吧。

从另一个层面来说，他的计划在大脑里不断闪现。首先，他要找出是什么事困扰着罗斯玛丽。然后，他要确保她不再为此事烦恼。

最终，他打算以一种卑微的心境和一种笃定的态度，来思考一下这些问题：爱是什么？罗斯玛丽究竟爱他什么呢？天知道！爱的肯定不是他身上的魅力吧。一个跛脚的老头子,一瘸一拐的恐怖感……事实上,我已经得到了——我所能得到的——全部的爱。她是爱我的。如果我也爱她的话,就必须还她自由。

吉布森先生躺了半个多小时,才想起来保罗·汤森其实是一个身体力行的天主教徒。他脑子里一阵错愕。他自己也不太确定,根据教法来看,仅仅离婚的话,应该还远远不够吧?

第十一章

已经过去三天了,罗斯玛丽还是没有来找吉布森先生。她的内心已经恢复了平静,状态和往常一样。

他没有执意让她来找自己,也没有要求她解释些什么。他开始担心,她会不会永远不来了。

在他们的隔壁,保罗·汤森正在花园里忙活着。他看起来健康快乐、无忧无虑,引人注目。派恩老太太坐在门廊上,珍妮在屋里进进出出。这幢小房子在这个看似和谐的环境中伫立着,丝毫不受生活百态的影响。

吉布森先生有很多时间都是一个人待着。他总是与书为伴,也总会想起自己天真无知的那一面。

埃塞尔说得没错,他所知道的充其量也就是冰山一角而已。他对大多数领域还一无所知。现代心理学理论对他来说也只是一种理论,一种游戏而已。他相信诗歌世界里的东西。所谓荣誉、勇气、牺牲,这些土得掉渣的辞藻,都毫无意义。很多年前,他就藏身于书本中,藏身于诗学的文字里(而不是残酷的现实世界里)。为什么偏偏是诗歌呢!因为他太过敏感了。他没有勇气去面对现实,去接受现实。他甚至不知道真相是什么。他必须依靠埃塞尔,直到他学会这些为止。

他一直都非常"纯真"。此刻,在一些社交场合,他也能发现……"纯真"二字……在校园的小路上,在走廊里,甚至有时候在镇子的街道上,只要有学生和同事跟他搭讪,他就能收获许多"纯真"的快乐。哪怕一个点头,一声问候,甚至低声念出自己的名字,都能让他确定自己的身份。(他心想:我并没有迷失,我是英语系的吉布森先生,有些人还是认识我的。)

日复一日,他总要面对这么多人。班上的学生也都成为他忠实的听众。在学生面前,他可以无拘无束地发表自己的观点。有时候,也会轮到他坐班。届时,他会怀着豁达的心态,友善地与学生交谈。他对学生的狡狯把戏也都不怎么在意。学生对他的阿谀奉承,甚至在他面前卖弄炫耀,他也都听之任之。正是这样,他觉得自己过得非常充实。

他对自己的这个小圈子也有了不小的期待。内敛的性格和独处的心境，没有让他觉得有任何格格不入的地方，反而让他感到惬意无忧。实际上，他过着一种最含蓄、最低调、最天真的生活。他对"现实"知之甚少。

在他 55 岁的时候，他干了一件愚蠢无知、丧心病狂的事情。他娶了一个身患疾病、手无缚鸡之力、容易轻信他人的罗斯玛丽。在这样一个荒谬的前提下，一场精心的"部署"应运而生。现在回想起早年的快乐时光，他也会为自己当时的无知叹惋。他被毫无意义的浪漫冲昏了头脑，忽略了所有的"现实"——没有肉体接触，也没有亲昵关系。哎，浪漫的多愁善感会成为解药吗？无非是在空想罢了！试问，在什么时候，这种堂吉诃德式的浪漫婚姻能够变成名副其实的婚姻呢？这个答案甚至比他想得更糟。从一开始就已经知道俩人的可能性微乎其微吧。他还妄图用简单的加减法来计算他们之间的差距：55-32=23。

他跟罗斯玛丽的父亲很像，都喜欢感情用事。他也明白，罗斯玛丽爱的是他的乐于助人、他的友善和蔼，爱的是他对她的细心呵护。现在他害怕的是，罗斯玛丽可能会继续着她的"交易"，直到他老去。结局就是，她会对这个老家伙产生厌恶之情，以至于到了诅咒他死的地步。罗斯玛丽应该能忍得下去吧。因为，她已经忍老詹姆斯教授足足八年了。

她不忍心伤害他。哪怕在医院里，因为骨折这样的小事，她都会自责不已、痛苦万分。

她不愿伤害他，也不愿背弃自己的"人情债"。她会固守忠诚，但也会"自欺欺人"。可能连她自己都不知道（或者，她不想让自己知道），为何她会如此"自然地"投入保罗的怀抱里？

吉布森先生越想起保罗，想起保罗那浑身散发的魅力，他就愈发确信埃塞尔话的可信度。罗斯玛丽已经沦陷了，或者说，她很快就会爱上保罗。他可不是老詹姆斯教授那一辈的人，他们俩可是同代人。保罗不但年富力强、魅力十足，还敦厚善良。她已经被他迷住了。

他希望罗斯玛丽最好永远都意识不到他的愚蠢。话又说回来，就算她知道了，又能怎么样呢？吉布森先生不想要别人的同情和怜悯——哪怕一丁点儿也不要。所以，他放逐了他的爱，永远放逐了他的爱。他再也不会去想这件事了。

他强迫自己"全身而退"。看样子，他要全身心地投入读书和写作中去了。对于罗斯玛丽在哪里，在做什么……他尽量不管不顾……他摆出了一副漠不关心之态。如果感到沮丧的话，他就会告诉自己：这怨不得旁人，这是你咎由自取，一切都会过去的！

有一天，他看到了几行诗：

>温柔的话语，慷慨地赠予
>
>男人能做能说的所有得体之事
>
>令她高兴的一切我都做了
>
>但当她转身时，我却无法触碰她。

他闭上了眼睛。心想，卡图卢斯[1]也是个傻瓜。诗歌的唯一意义便是如此。他也是个爱发牢骚的人。吉布森先生决心不再发牢骚，也不再读诗了。

他那沮丧的心情非但没有得到缓解，反倒加重了许多。他日日夜夜与诗歌相伴，早已忘记了没有诗歌的日子是什么样的。他甚至认为，随着年龄的增长，人们会愈发离不开诗歌了。

然而，"变化"也如期而至。吉布森先生曾说过，这两位女士去赚钱的日子就要到了。他们在同一天的早上出门了，吉布森先生沉浸在苦闷的心情中。他不会为两位女士的这一"巧合"而暗自神伤，也不再期待与罗斯玛丽的独处时光了。

埃塞尔肯定会是个出色的秘书。她给自己找了一份工作，每天下午4点就能下班。她称心如意地解释道："这样就能赶上做晚饭了。"

---

[1] 卡图卢斯，是古罗马时期的著名诗人，其诗歌作品短小精悍，常表达出强烈的情感和个人体验。

罗斯玛丽的工作时间稍长一些。她要给一家小服装店的老板当助手，一开始先帮忙进货，不久之后，她希望可以当个售货员。这是一个不错的开头。

无独有偶，那天还是吉布森先生最后一次见到维奥莱特太太的一天。自此之后，吉布森先生就真成孤家寡人了。

就在前一天的傍晚，他们三个人像往常一样坐在客厅里。收音机里放着低沉的音乐，这种音乐跟一种特定的文化有关。罗斯玛丽拿着一件海军蓝的连衣裙，她正缝着白色的领子和袖口，准备明天的衣着。埃塞尔在织毛衣，看起来简直是巧夺天工。（很长时间，她都在收音机前坐着一边织毛衣，一边听音乐。她还听政治演讲和教育类的节目。比起唱片机，她更喜欢收音机。她甚至连一个唱片机都没有。）吉布森正在翻看一本书，有时候一次翻两页。他的脸上波澜不惊。这一家子看起来很融洽。不过，他并不这么认为……因为，他们的"契约"就此结束了。现在一切都归于尘土。罗斯玛丽康复了，马上就要出去赚钱了。她不再需要他所给予她的那些东西了，而她所需要的东西他已经给不了了。所以，现在他要放她走了……他已经下定决心了……越快越好。

他想象着自己所描绘的"蓝图"。他和妹妹埃塞尔，住在大学附近一间面积不大的公寓里。他们互帮互助，相互依靠。两个人一直工作到头发花白、步履蹒跚的地步。每天晚上，埃塞尔都边织毛衣，边听收音机。他对自己说，就这样凑合着过吧。他远没有这个被"发配"到他身边的妹妹干活干得多。他不知道自己为何会如此心灰意冷，为何会陷入绝望和伤心之中？

"出去工作，一切会顺利的，"埃塞尔说着，"我害怕坐公交车。坐上去之后，就只能任凭它们'肆意摆布'了。光是单程，就要耗费我半个小时呢，真是浪费时间。如果搬到离城镇近一点的地方，岂不是更方便吗？"

罗斯玛丽的脑袋和手猛然间吓得一激灵。"搬家？"她嘀咕着。

"毕竟，"埃塞尔回应着，"这样子，你会好受些的。但是，罗斯玛丽，你工作的时候，白天就没有空闲的时间了……亲爱的，你的手指被扎破了吗？"

罗斯玛丽轻声地回复道："没有，埃塞尔。没事的。"

"啊……好吧，"埃塞尔满脸宠溺地笑着，"我们也应该为肯着想。秋天的时候，总不能看着他瘸着一条腿去挤公交车吧。这是明智之举吗？"

"我还没有想到……"罗斯玛丽急促地说着，她的脸也随之抬了起来。

"我想我应该可以坐公交车的，"吉布森先生说道，"不用……"他的声音突然停住了,因为他清楚地看到罗斯玛丽的血在白色衣领上逐渐晕染开了。

"亲爱的,你扎到手指了吧,"埃塞尔责备着她,"看看吧,你的工作服也沾上血渍了……"

"我现在去洗洗吧。"罗斯玛丽的声音听起来有气无力。她站了起来,身体有些僵硬。她拿着衣服向厨房走去。

吉布森先生不知道发生什么了。他盯着冰冷的壁炉,浑身发抖。"我想,该不会是明天不想去上班,所以才扎破手指,弄脏衣领的吧?"

他胆怯地等着埃塞尔的回应,希望她也赞同自己的看法。

然而,埃塞尔只是笑了笑。

"我不这么认为,"她说着,"她为什么要为此撒谎呢?"(吉布森直面了"现实"。罗斯玛丽确实撒谎了。)

埃塞尔压低了声音:"不过,当我说要离开这儿的时候,她就开始扯谎了。"

"离开?"

"离开他,我猜想,"埃塞尔低声说道,"她怎么把自己暴露了!"

他听见了她的叹息声。他快要崩溃了,他的厌恶之情溢于言表,但心里还是"避之不及"。这一切都不是外表所看起来的那样。即便如外表那样,他终究也不知道真相是什么。古诗里有云:人可以掌舵自己的灵魂。虽然他时常与古诗为伴,但永远学不会这个道理。他要怎么学才好呢?他已然老去了,心气儿也已衰颓得所剩无几了。吉布森先生觉得自己"坚如磐石"。另一方面,他又觉得自己很容易"叛变"——他控制不住自己——他讨厌这种感觉。罗斯玛丽过来了。他的目光又转向了书本。他没有抬头。

"你用冰水冲洗了吗?"埃塞尔有点儿大惊小怪。

"已经冲洗过了,"罗斯玛丽轻柔地说着,"没事的。"此时的她,手里正拿着针。吉布森先生倾斜了一下侧脸。然后,透过自己的余光望向了她。罗斯玛丽为什么要把针扎进自己的肉里?只要一想这个场景,他就很难过。所以,压根就没有必要去想。

"好了,肯,你明天能应付得了吗?"他妹妹有点儿小题大做,"维奥莱特太太会给你拾掇衣衫的。你也知道,她会跟你待在一起,也会给你准备午餐的。"

"不,不用了。"他回应道。他不想要维奥莱特太太在眼前晃悠,他还是希望自己一个人待着。

"你感觉还好吧?"罗斯玛丽看起来有点儿胆怯,还有点儿焦虑,"肯尼斯,你没事吧?不知怎么的,你看起来好像不胜从前了。埃塞尔,你是不是也有同感呢?"

"可能是想念自己的工作了,"说话的工夫,他的肩膀又一次沉了下去,"我习惯了工作……"

罗斯玛丽低头做着针线活。他把目光从她的头发上移开了。

"你不用担心我,"他继续说着,"因为,打从年轻的时候算起,我就已经一个人生活了快五十年了……此外,汤森一家就住在隔壁,保罗也近在咫尺。"他甚至有点鄙视自己,竟然还能亲切地叫出保罗这个名字。

"没错,"埃塞尔回应道,"他们新请的那个保姆,星期五才会来。当然,那个时候,维奥莱特太太已经走了。至于保罗,除非珍妮能接下他的担子,否则的话,他就只能和派恩老太太一直待下去了。"她似乎从这一席话中得到了一种满足感——一种充满恶意的满足感。

"保罗对老太太很孝顺。"吉布森先生说道。他也没有因为嫉妒保罗而落井下石。他表现得很大度,也很公允。"我觉得,他太了不起了。"

罗斯玛丽抬起了头,露出了灿烂的笑容。"咱们俩所见略同啊。"她热切地回应着吉布森先生。

吉布森先生翻了一页书,读起来天马行空。不过,他似乎也没怎么想读。

"我有点儿好奇,"埃塞尔稍稍皱了一下眉头,心里在盘算着什么,"你能肯定,这房子不是派恩太太的吗? 我觉得保罗应该是她的继承人。"

罗斯玛丽微笑地说道:"埃塞尔,有时候,你非常愤世嫉俗啊。"

"才没有呢,我只是很现实罢了,"埃塞尔得意地说着,"至少,我愿意承认,我能够直面真相。"

"世间难道就没有完全纯粹、绝对善良的男人吗?"罗斯玛丽质问道,"你觉得可能吗?"

吉布森先生几乎要昏厥过去了。

"他,长得还很帅吧?"埃塞尔咧嘴笑了笑,"我想,这种男人肯定有的——不但一表人才,而且还人品俱佳呢。"她歪着头数着缝线。

"肯尼斯,保罗的生意做得很好,对吧?"罗斯玛丽继续问道,"他应该赚了不少钱吧。"

"他是一名化学工程师,"吉布森先生回应着,"是的……"(刹那间,保罗的实验室浮现在他的眼前,橱柜里还摆着一排瓶瓶罐罐。这个场景一闪而过,最后又消失了。)

"所以说,派恩太太即便给他留下什么遗产的话,他也压根用不上,"罗斯玛丽辩驳着,"我只是觉得他并不是一个唯利是图之人。"

"我也不知道。"吉布森先生鼓足勇气说道。

埃塞尔回应道:"当然,他肯定不会承认,自己是一个唯利是图之人。大家也从来都不愿承认这些显而易见的'真相'。但是,绝大多数人还是把物质利益看得很重……出于一些复杂的因素,我们甚至可以自欺欺人,不是吗?话又说回来,一个人吃没吃饱,舒服不舒服,有没有安全感,这些都很重要——并且一直都很重要。事实也是如此。"

"我觉得,你说得有道理。"罗斯玛丽面红耳赤地说道。她弯下身,继续去做她的针线活了。她似乎被"打败"了。

吉布森先生有点儿害怕,因为他不知道罗斯玛丽脑子里究竟在想什么。罗斯玛丽来找他是为了物质上的东西,为了安全感……噢,她自己也没办法——但她现在想通了。他也想通了,他也坚信,理应是这样。

"理应是这样,"他慢慢地提高了声调,"确实啊,理应……"他又翻了一页。

埃塞尔轻轻地哼了一声。"你觉得婴儿为什么要啼哭?是为了温饱,仅此而已。现在,不妨来谈谈天气吧。不知道明天会不会很热。"

吉布森先生心想:为了温饱,为了舒适……难道这些就和所谓"冰山"没一点儿关系吗?这些都是"冰山"的一部分!难道我们不知道自己行事的目的吗?难道我们不愿承认自己是动物吗?啊,那我们住在这儿是为了什么呢?难道我们每时每刻都陷于身不由己的旋涡里吗?在这忙碌的人潮中,每个人都有自己的宿命吗?

他不喜欢这样的观点,但还是会试着去正视它。埃塞尔能够直面它,她已足够坚强。他不再隐瞒任何真相了……他不会了。难道是这个真相,才让他如此沮丧的吗?是啊,就是这个真相。

广播中正播报着一则炸弹试验的新闻。就此话题，他们也聊了起来。几个人都虔诚地祝祷，希望这种可怕的武器永远不要用在人类自己身上。

埃塞尔听到后说道："他们肯定会用在人类身上的。"

"炸弹？"罗斯玛丽吓了一跳。

"你觉得他们不会吗？"

"但愿……他们不会。"罗斯玛丽瞪大了双眼。

埃塞尔摇了摇头，她的头上满是灰白的头发。"他们一定会的。"

"你怎么能……"罗斯玛丽气喘吁吁地问道。

"这个问题尤为值得注意，"埃塞尔继续说着，"人类就是人类。相信我，人类现在手里握着的武器，和他们投出去的武器一样，都有着巨大的杀伤力。你难道不知道——一个残酷的事实——任何事件都可能成为引爆它的导火索吗？从本质上来说，人类就是野蛮人而已。这也由不得他们。所以，你不能说这是他们的错。这是他们的本性使然，不能怪任何人。人会生气，一旦生气了，他们就会将对方视为'魔头'。由此，除掉'魔头'的话，会被当作一件美好、光荣，并且勇敢的事情。他们急于求成，不愿用沟通的方式，也拒绝使用理性的原则来解决争端。他们压根就不想这样做。即便这样做了——人类的理性也经受不住时间的考验，它会显得微不足道……只有看到了生命的流血牺牲，看到动物的残肢断臂，人类才会有所反思吧。"

"这个问题摆在眼前，你是怎么考虑的？"吉布森先生轻声问道。

"天上掉下一枚炸弹？"她显然误会了他的意思，"对我来说，我会一动不动地待在原地。接下来，就打算和我面前的这个世界一起'同归于尽'。我甚至都不想挣扎，也不想求生。你可别告诉我你想苟活！"她的样子让他看起来着实太孩子气了，不是吗？

"不想，"吉布森先生若有所思地回应着，"不想……肯定不想。我已经活得够久了。"

他肯定是这么想的：劫数难逃了！是的，我们完了。他脑子里想的可不是什么炸弹。

"我不明白，"罗斯玛丽向埃塞尔问道，"你为何会这样想呢？"

"勇气，"埃塞尔说着，"是唯一有用的品质。我们所能做的最好的事情，就是保持理智，试图理解对方。"

吉布森先生想，如果我们最后注定要失败，即便理解对方又有什么用呢？"那么，那些漂亮的益智玩具……"片刻间，他脑海中浮现的这些东西仿佛"前途未卜"了。

"玩具不错，"埃塞尔赞赏道，"尽情享受你的诗歌吧。肯，如果有人能活下来，"她耸了耸肩，"肯定不会把太多时间花在读诗上吧。至少现在，炸弹还没有落下。"她点了点头，想让他们消除疑虑。"我也会像你们一样,规规矩矩地过完自己的一生。灾难来临的时候,我们都应该有求生欲,"她笑着说道,"那就满怀希望吧。"

"你没有孩子。"罗斯玛丽低声说着。

"你也没有,所以要感谢上帝呢。"埃塞尔回应道。

然而,吉布森先生却认为,这并非危言耸听。我们确实完蛋了。我们的生命仿佛被悬浸于海平面之下的冰山里,岌岌可危。没有人知道我们这样做的目的究竟是什么。我们仅凭着幻想来感知事物,凭着想象来做出选择。我们受到了邪恶力量的支配,也受到了未知事物的摆布。我们的双眼被蒙蔽了。这就是埃塞尔所说的"现实"。是啊,这就是"真相"。维奥莱特太太不得不打碎花瓶。保罗必须娶妻。罗斯玛丽一定会爱上保罗。我将变成一个小丑。我必须这么做,这不是我的错。我之所以做出这样的选择,源于我母亲遗传给我的基因。而父亲遗传给埃塞尔的基因更多,所以她和我不一样……但是,她头脑清醒,至少她能看清这一切。

我的人生,本就是一场虚幻。所有人也都是如此。我们受未知事物的摆布,但是未知事物也无法知晓我们的所思所想。总有一天,这一切都会烟消云散,地球也会脱离轨道。就像罗斯玛丽肯定会去找保罗,就像我一定会还她自由一样……

他低下了头,把头埋在胸前。保罗,是个鳏夫,是个化学家,是个天主教徒……这是保罗的宿命。他注定会幸福，也注定会给罗斯玛丽幸福。至少在世界末日来临之前，他们还会幸福一段时间。

而他，肯尼斯·吉布森，将会和他的妹妹一起孤独终老。两个人步履蹒跚地再活上个十五到二十年，也或许不是这样！

他想到了一种"抗争"方式——有且只有这一种方式吧！为此，他精神大振，颇受鼓舞。只要稍微鼓足点儿勇气，他就解脱了。

他还记得瓶子上的那串数字。

他睡了一会儿，直到天亮。他深知，第二天醒来后，便只剩下自己了。

第十二章

第二天一大早,他们就开始忙碌了。罗斯玛丽穿着一件蓝白相间的外套。她衣着整洁,面露喜色。第一个出了门。

吉布森先生穿了件窄瘦的丝绸长袍。他跟着她走到了门口。有这身袍子"加身",让他觉得自己还是曾经那个干净整洁、体面得体的教书匠。殊不知,此刻的他,无非就是一个面无人色、病病恹恹的糟老头罢了。

"再见,"她说道,"肯尼斯,请你一定要珍重!我担心你,我多么希望……"

"不用,真的不用担心,"他的眼睛里装的都是她,"再见,罗斯玛丽，你一定要知道……这是我希望看到的。"

"希望看到我安好？"她问道，"希望我聪明能干？是这个意思吗？"

他没有回答。他仔细端详着她的脸，因为这是他最后一次看她了。他很爱她。在某种程度上，她还是他的爱人。

"你还有什么话要说吗？"她突然问道。

吉布森先生努力回忆刚才所说的话。"不是这个意思，"他坚定地回应着，"我是希望你幸福。"他笑了笑。

"好的……我……"她的目光游离了一下，又回过神来，"我该怎么做才能让你更快乐呢？"她哭着说道，"肯尼斯，我——我非常爱你，你知道吗？"

奇怪的是，在这最后一刻，两个人的距离仿佛拉近了许多。他又感受到了像以前那样她对他的感激之情。"我知道，"他轻柔地对她说，"亲爱的小姑娘，我真的很快乐。"他用安慰的语气对她说道。

罗斯玛丽晃动了一下身子。然后，一溜烟地就离开了。他的眼神顺着车道，一直注视着她的背影。她的身板直挺挺的，身形很是轻盈。她看起来那么健康，那么年轻。

保罗·汤森站在门廊上，向罗斯玛丽挥了挥手，但她没有看到。吉布森先生看到这一幕也挺高兴的。

她那忠诚善良的本性，也注定了她在人生的道路上会走得很远。

埃塞尔紧随其后。他对吉布森先生说道："肯，你去超市的时候，买棵生菜吧？"

"可以。"他保证道。

"对了，得把维奥莱特太太的工资结了……"

"好的。"

"我四点左右就回来……"

"好的，埃塞尔，祝你安好。再见，亲爱的。你总是——出类拔萃。"

"嘘！"埃塞尔回应道，"当然喽。好了，我得走了。"

吉布森先生关上了房门。

他来到客厅，坐了下来。维奥莱特太太正在熨衣服。可以肯定的是，在维奥莱特太太还未离开之前，他是不会自杀的。

他是一个一丝不苟、思虑周全的人。他不想搞得一团糟，也不想让大家费尽心思地给他收尸。他，无畏无惧。他知道自己要去哪儿，知道自己要带什么东西。这个过程还是很快的，也不至于弄得七零八乱。等人们发现的时候，他已经平静安详、端庄得体地躺在床上了。可能他们认为，他只是睡过去了而已。这样，人们也不会过度惊讶了，他也能够获得足够的体面。

此外，他必须得留下一封信。写这封信的目的，就是让所有的一切都回归自由。

他感到全身冰凉。他不能再这样多愁善感了，因为这是他自己的选择。他这样做，虽然不近人情吧，但干脆直接。他并不惧怕死亡，他只是想考虑得周全一些而已。

他没有保险，这也影响不了什么。他那为数不多的债券以及银行的存款，都会留给罗斯玛丽。他也会给她写一封信，或者诸如此类的东西吧。她会没事的，保罗会陪着她的（她即将成为一个自由之身）。埃塞尔当然也能够自给自足。埃塞尔理应帮助罗斯玛丽学会懂得……两个人应该体谅他的良苦用心。这也没什么可担心的，除非有一天炸弹摧毁了整个世界。要是真有那么一天的话，他也无能为力了。

每个人都有自己的宿命。

吉布森先生还沉浸在自己的想象中。

到了12点，他穿戴整齐，打算去市中心。此时，维奥莱特太太也收拾好了。于是，他给维奥莱特太太结算了工资。她说道："吉布森先生，我可以拿走这条旧绳子吗？"她一边问着，一边向他展示了自己从厨房垃圾桶里拿出来的东西。

"当然可以啊，"他回应道，"这一条够吗？"

"我有很多东西需要用它来打包，"她坦言道，"我们要带着'卡车后面的大部分行李'。"

"这个能用吗？"他递给她一团芥末色的麻绳。

"那是吉布森太太的。"他听到了,从维奥莱特太太那红润的樱桃小口中发出了一阵嘘声。

"那又能怎么样?"他厉声说道,"送你点绳子,我当然能做得了主。"

维奥莱特太太说道:"没关系,我不喜欢拿她的东西,我得去趟银行,得取一些……"

"拿着吧,"他急切地说着,"我想送你一些。"

"好吧,那……"维奥莱特太太似乎明白了他的苦心。她伸开手指,解开了这团麻绳。

"不用解开了,你全拿去吧,"他说道,"请全部拿去吧。"

"我不想拿太多,因为用不了。"

"我知道。"他回应着她。在他看来,这是一种相当愚蠢,并且也不会激起任何波澜的"反抗"。他只是做了一件力所能及的事情而已。他以前也是这样。他想要表现得——大方一点儿。(或者说,在他看来,这是一种略显荒谬的报复行为。他以一根麻绳为代价,去报复他的妹妹埃塞尔。)

维奥莱特太太把一整团麻绳都拿走了。"我很抱歉,离开你和吉布森太太。"她说道。

"如果我妹妹惹到你了,我向你道歉。"他疲惫地说道。

"我和乔要去山里了。"维奥莱特太太说着。他觉得这也算是一个答复吧。"我得在五点前收拾好……"她就这样看着他,不再说话了。他感到有些古怪,因为他坚信维奥莱特太太肯定知道他打算要做什么。

"那好吧。"他安慰道。

维奥莱特太太的脸上露出了难得的微笑。

"那么,再见了,"她说道,"大家所说的'再见',就意味着'上帝与你同在'。"

"再见。"吉布森先生满怀深情地对她说道。

她兜里装着一团麻绳,走出了厨房。现在,只剩下他一个人了。

12点10分,他走出了小屋。手里没拿那根拐杖……他的两条腿一长一短,走起路来还是踉踉跄跄的,但也只能这样了……他向西走了两个街区,穿过了林荫大道。在那里,他赶上了前往市中心的公交车。此刻,保罗·汤森很"凑趣"地在家里待着。今天早上,他还看到保罗在花园里干活呢。吉布森先生知道怎样去拿到他想要的东西。

他并没有留心公交车上的人。汽车行驶在林荫大道上,他也无心看周围那熟悉的风景。汽车穿过居民区的小巷,来到一条车水马龙的商业街。吉布森先生写着信,他的心里五味杂陈。

此刻,内心有一种声音在"卖惨"。他要抵制这种声音。他得让罗斯玛丽面对这个残酷的"现实"。他绝不能表现出责备她的样子……这封难以启齿的信,该如何下笔去写呢?

他很快回过神来,在市中心的一个街角下了车。这个小城就像那些加利福尼亚州的城镇一样,"肆意"扩展着自己的范围。小城的公园里有一所大学,毗邻旧时的市中心……四面的山谷和洼地也延伸成了小城的一部分。但是,吉布森先生却不愿走过去。他不愿进到大学里,不愿走在校园的小路上,也不愿被人搭讪。在他看来,这些人也没有十分想念他吧。以后,也会有更年轻的人陆陆续续来这儿的……

保罗·汤森的办公地点就在对面,大概一个半街区的距离就到了。吉布森先生朝着那个方向一瘸一拐地走了过去。他开始想下一步该怎么做的时候……突然,他意识到自己得带个小瓶子过去。于是,他走进了一家熟食店,瞅见了货架上的第一个小瓶子。然后,他拿着便去结账了。这是一瓶两盎司的进口橄榄油,价格不菲。

"我是肯尼斯·吉布森——汤森先生的邻居。他让我顺道去他桌上拿一封信。"吉布森先生冷静地说着。

"噢,吉布森先生,需要我帮你拿吗?"

"他已经告诉我了,让我去哪儿拿……如果你不介意的话……"

"一点儿也不介意,"女孩回应着,"吉布森先生,这边走。"她知道他的身份……他就是英语系的吉布森先生……一个值得信赖的人。"就是这里了。"她笑了笑。然后,把他领进了实验室。

他一开始并没有往玻璃柜那看去,而是走到了保罗的桌子前。他打开左边最上面的抽屉,从一堆旧信里拿出了其中一封。"好像就是这封吧。"

"拿到就好。"她说道。

"呃……"吉布森先生脸色忧愁,看上去有点儿难为情的样子,"请问这里有……呃……男厕所吗?"

"哎呀,有啊。"她的声音立刻清脆了许多,听起来倒是疏远了不少,"先生,就在那儿。"她指了指那扇门。

"谢谢。"

跟他预想的一样,她离开这儿了,去了其他的地方。

他走进洗手间,拧开橄榄油的瓶盖。然后,一脸严肃地把里面的橄榄油倒进了水槽。

紧接着,他走了出来。现在实验室就只剩他一个人了。他不费吹灰之力,便找到了那把钥匙。他拿到了标着"333"的瓶子,将瓶子里的液体稳稳地倒进了自己的小瓶子里。这是一项精细活儿。他得把液体从一个小瓶口倒进另一个小瓶口。他头脑清醒,沉着冷静。在倒的过程中,几乎一滴也没洒出来。

他没有全部倒完。紧接着,他把瓶子放到了柜子里。在他看来,倒出的毒药短时间内应该不会被发现。他没有试着擦掉瓶身上的指纹或者其他什么痕迹。他才不会傻到把玻璃柜里的一整瓶都带走呢。他需要为后续的"安排"留足时间。他需要时间回家,也需要时间去写信。他不想让别人过早地发现那瓶毒药不见了。此刻,那个女孩问他怎么样了。她还喊了他的名字,他得离开了。

吉布森先生把偷来的毒药放进绿色的纸袋里。他重新锁上玻璃柜,把钥匙藏好。然后,离开了实验室。他觉得他这个小偷当得很酷,也很成功。他不如一辈子当个小偷算了。这有什么区别呢……

他站在市中心等公交车。那一刻,他觉得整个人好像没有了知觉。车来了。就在准备上车的时候,他好像听到有人在喊他的名字。不过,他自己也不是很确定。话又说回来,他也不在乎究竟有没有人喊他……上车后,他找了个靠窗的位置坐了下来。

> 我有一株纯爱之树,在我心底生根发芽。它的蓓蕾和花
> 朵充满忧伤,它的果实苦涩而悲悸——

哎呀,算了吧!别在这儿嘟囔这些毫无意义的旧诗了。维庸[1]早就死了!

---

[1] 维庸,法国中世纪的抒情诗人,其诗歌充满了自嘲、悔恨、绝望和祈愿。

他呆滞地望向窗外,一个念头不断地在他的脑海中闪过。也许就在刚才吧,他好像听到了一个超自然的"警告"。不过,他知道自己在做什么。赴死吗?好吧!他只是想摆脱自己的宿命罢了。自杀,似乎不太理智,但公允的上帝一定会体谅他的。

这些话,怎么能写进信里呢?信中难道要这样写:"很累……"不行,不能这样写。他必须得撒谎了。不过,至于他撒没撒谎,这还重要吗?"……我的精神状态,实际上并没有看起来那么好,我这个样子已经很久了……"难道他是想说,自己已经神志不清了吗?是的……罗斯玛丽应该会明白的。也许,他确实已经神志不清了。实际上,他不知道——他也不会知道,自己为什么要这么做?他不会不知道的。这是命!他潜意识里埋藏的动机开始展露出来了,开始发挥作用了。

吉布森先生的眼前漆黑一片。他感到冰冷刺骨。此刻的他,看不见窗外的任何东西,车厢里也黑压压的。公交车拉着那些命定的乘客,在命定的公路上行驶着。如果他能为罗斯玛丽,或者为任何生灵做点儿什么……那么,他或许可以考虑暂且留在人世。但现在,一切已经命中注定了。什么互相帮助,什么彼此相爱,都是幻觉罢了。

所谓时空感,已经让他意识到,自己该到站了。他要在超市的拐角处下车。他站了起来。他的内心痛苦不堪,眼睛甚至已经看不清过道了。然后,他走向了车门。下车的时候,隐约又听到有人喊他的名字。难道是天使吗？好吧，如果他想让吉布森先生长生不死的话，那就让他喊吧。纵观他的一生，他觉得自己已经完成了被赋予的所有使命。由此，他才做出了这样纯粹的抉择。如果他对自杀这件事儿还有什么顾虑的话，不妨把它视作一种未完成的使命，抑或一种消遣……这样的话，他就会坦然接受了。

他猛然想到，自己还有另外一个使命……他早上答应过埃塞尔，要帮她去超市买东西呢。买完之后，他便（如释重负地）完成全部的使命了。

于是，吉布森先生走进一个大超市。他推着一个带轮子的购物车，在过道里逛着。他选了生菜、可可豆，还拿了一长条的切片面包。他还买了一些奶酪（就是埃塞尔喜欢的那种），还给罗斯玛丽带了茶叶（她喝了之后，兴许能好受一些）。

收银员是个女孩。她正用手指在机器上敲打着价格。他站在收银台前一言不发，显得很无助。结账后，他抱着一个棕色的大购物袋，穿过东边的两个街区，朝北走去……

房子远处的玫瑰还没有盛开。

派恩老太太坐在汤森家门廊的轮椅上，她高兴地向吉布森先生挥了挥手。

吉布森先生蹒跚地走到派恩太太的跟前。他想跟她说会儿话。（他原本可以问她一些问题。比如，保罗的情况，教会对婚姻的看法，教会对离婚者的态度……但是，他为什么要问呢？他也并不打算和罗斯玛丽离婚。他注定要成为罗斯玛丽和她那个"丈夫"的挚友呢。不，他不愿让自己的生活里出现这么大的纰漏。他宁愿什么事儿也没发生过，那就自欺欺人一下吧。他的内心隐隐作痛，在他看来，他做的这一切都是为了罗斯玛丽。）

"你好……"他看起来有点儿虚弱。

"天啊！"老太太向前佝偻着身子。"吉布森先生，一袋子东西对你来说是不是太重了？"

"也没那么重。"（不过，确实很重——袋子里不仅装着食物，而且还装着"死亡"。）"近来如何，派恩太太？"他假笑了起来。

"一切都好，"她说道，"多么美好的一天呀！"她的声音听起来特别有活力，"能坐在外面晒太阳，简直不要太好啊！"

"是啊，"他说道，"是的……没错……"

吉布森先生跌跌撞撞地穿过双车道。他听到保罗在给他打招呼："嗨！最近怎么样呢？"不过，他却假装没听见。

坐在外面晒太阳，真的就这么好吗？是的，确实好！他打开门，进了屋。然后，他意识到自己很可能完成不了这项计划了。从昨天晚上到今天早上，一直压得他喘不过来气。他只能再一次自欺欺人了。

肯尼斯·吉布森，他不该自杀啊。他注定要还罗斯玛丽自由，还要和他们"夫妇俩"做一辈子的朋友。他得一瘸一跛地度过余生了，得一个人承受所有的苦痛。可能是命中注定吧，他今天还不能死。命这个东西，无法改变。如果谁有办法摆脱自己的命运，那么命运就显得无足轻重了。他注定……要做一个干净体面、面红耳热的人。他以前也是这样的。

坐在阳光下，真的太好了！因为，这足以让一个人活下去！

吉布森先生看起来有些癫狂了。不，他要这么做。他要立刻下定决心——他必须得这么做。当然，他完全可以不假思索地把手里的药瓶举到嘴边——这个举动也用不了几秒钟……

如果他还想写信呢？不，不可以！他一股脑儿要逃离出去，要从自己的躯壳里逃离出去。可是，这个注定要被上帝毁灭的人，难道就不能让魔鬼开开恩吗？快一点啊！他还不如在自己的躯壳里做一个旁观者，然后怀着一种被救赎的苦乐去欣赏自己的丑行，直至熬到这出悲喜剧谢幕为止。

他现在在厨房。他没有——甚至也不想拥有——那种勇气了。他再也没有那种勇气了！

他把那个棕色的大购物袋放在了橱柜上。然后，把那颗生菜、那块奶酪、那条面包、那盒茶，依次拿了出来。那罐可可粉在袋子的最底下压着呢,他也顺势拿了出来。接下来,他在袋子里扒拉着那个通向死亡的小瓶子。他要马上喝下去!

这么大的购物袋,里面却空空如也。

是的,他的动作很迅速。

他的手,在袋子里扒拉不到任何东西。

他的死也终将成为一个谜团:死亡向来如此。瓶子呢?

他很肯定,自己确实把瓶子装在了绿色的小纸袋里。然后,放进了购物车里。收银员理应会把小瓶子和他买的东西放在一块儿。她没放。瓶子不在这儿!那在哪儿呢?他跑了那么远去偷的速效毒药,现在在哪儿呢?

他翻遍了自己的夹克口袋也没找到!

这一切都是一场梦吗?肯定不是。他把橄榄油倒进水槽的场景,至今还历历在目呢。这一切不可能是在梦中发生的啊。他把瓶子弄丢了?毒药现在装在一个标有"橄榄油"的瓶子里。没人会知道那个油瓶里装的是毒药啊!无色、无味、即食……

他做了什么啊!

天呐,这次的罪过可不轻啊!

他把那瓶看似无害的毒药放哪儿了?放在公共场所了?那里有这么多无辜的人来来往往!

他被吓得快要休克了，血压也跟着飙升。他大声叫喊着，对自己的行为深恶痛绝。

可以想见，这就是他的归宿。这就是肯尼斯·吉布森的归宿。要是有人误食了这瓶毒药，并且死于非命的话，他身上的一切名誉便会烟消云散。除非他能阻止这场悲剧的发生。

就在一瞬间，他便改变了原有的计划。他跟跟跄跄地走到电话旁，拨通了电话。"警察吗？"他的声音听起来都不像是他自己的了。他得鼓足勇气，挺直腰杆，直面它。别废话了，就现在吧，仿佛他身上的病痛也消失了。

小屋的前门开了。他的妻子罗斯玛丽站在那儿。

"我回来了，"她说道，她的脑子里一直在思考着什么，"因为我必须得和你谈谈，我不想——做一只小白兔——"她的脸色变了。"肯尼斯，怎么了？"

他把手举了起来，示意她先别说话。他打消了所有的念头，心里只想着这一件事儿。

"警察吗？我是肯尼斯·吉布森。我弄丢了一个小瓶子，里面装着致命的毒药。"他口齿清晰，铿锵有力，"瓶子上贴着橄榄油的标签。大致是一个金字塔形状的瓶子，大约五英寸高，用一个绿色纸袋装着。没人知道里面装的是毒药。你觉得该怎么办？你能找到它吗？你能发布一个警告吗?"

罗斯玛丽往后缩了一下,倚在了门上。

"我从实验室偷出来的……我不知道这个毒药叫什么名字。它无色、无味,但有致命的毒性……是的,警察先生。大概1点15分,我在中心街和卡布里洛街的拐角处,上了5路公交车。在兰伯特和林荫大道的拐角处下了车……那会儿一定是1点45分。 我大概在那里的超市待了10到15分钟。现在刚过两点……到家的时候,我就找不到那个瓶子了……不,我敢肯定……我一定将它装到放橄榄油的瓶子里了。瓶子上面……的牌子吗?国王,什么的……是的,我这样做了……为什么?原本我是要自己用的。"他听见电话那头的警察咆哮了起来。"我打算自杀用的!"

罗斯玛丽呜呜咽咽地哭了起来。他并没有看她。

"是的,我知道有人会误食,死于非命。所以,我才打电话给……"电话那头的警察即便是强忍着情绪,也能听得出来,他已经怒不可遏了。

"没错,我就是罪犯,"吉布森先生说道,"你说什么都行。要找到它,拜托了,得不遗余力地找到它。"

他又确认了一下自己的名字。然后,还报了自己的地址和电话号码。

他把听筒放到了听筒架上。

"为什么?"罗斯玛丽问道。

他本以为自己再也见不到她了。

"肯尼斯,我没有,我没有。请原谅我。我没有——"

至于她说什么,他几乎一点儿也听不进去。他只是用粗暴严厉的口气说道:"回你店里去吧。你什么都不知道,就别掺和进去了。请你离开我。无辜的人因我而死,我可能会变成一个杀人犯。这对你一点儿好处都没有,请你离开我。"他不想看见她了。

罗斯玛丽凭着门的支撑,直起了身子。她说道:"不,我不会离开你的。悲剧绝不会发生,没有人会中毒。我们肯定会找到毒药的。"

他摆出了一个绝望的手势:"噢,小可爱,没用的,别做白日梦了……"

"你错了,"罗斯玛丽反驳道,"肯定可以的。我们一定会找到毒药的。我能找到,一定能的。你也一起找啊,保罗也会帮我们找的!"她哭了起来,转身就去开门。

"快点儿……"她蛮横地说道。

"那好吧,"吉布森先生说道,"我想,我们也只能试试了。"

他站在阳光下,还是觉得浑身冰冷,就好像死了一样。他被彻底地摧毁了——被命运,也或者是被其他东西扼住了咽喉——在他看来,最为不幸的事,莫过于他还活着。

罗斯玛丽一边跑着,一边喊道:"保罗!保罗!"

保罗从树篱后面蹦了出来。"怎么了？"他欢欣雀跃地说道。

"得帮帮我们。肯尼斯拿了一些毒药……但他不知道把毒药落在什么地方了。我们必须得找到它。"

"毒药！什么毒药！"

"保罗，用一下你的车，拜托了！毒药就装在一个橄榄油的瓶子里。任何人都有捡到的可能。他可能把毒药落在超市或者公交车上了。我们必须得去那儿找找看。"

保罗扔给她一串钥匙。"先别走，"他说道，他的手紧紧抓着吉布森先生的小臂，"她在说什么？"

"就是那个标着'333'的毒药，"吉布森先生详细地解释道，"我去了市中心，从你实验室的玻璃柜里偷出来的。"

"你在说什么鬼话？"

"我当时想自杀，"吉布森先生毫无歉意地说着，"但现在，我可能是个杀人犯了。"

保罗听完，赶紧后退了一步。他将手缩了回去，好像生怕沾染到毒药一样。他转身冲着罗斯玛丽喊道："你们报警了吗？"

在保罗的车库里，罗斯玛丽一溜烟就没影儿了。

"报了！报了！快去找！快啊！"她焦急地喊道。

保罗回应道："我得告诉我母亲一声——我还得带件衬衫——"他

跳上了门廊。然后，转过头喊了一声，"等等我，咱们一起去。"吉布森先生一动不动地站在那里。罗斯玛丽在车库里，正发动着汽车。在此之前，她从未开过这辆车。

附近的街区依旧静寂无声。这场危机就像匕首刺进了身体，却找不到任何伤口。吉布森先生，这个始作俑者，一动不动地站在那儿。他闻着薰衣草的香味，享受着和煦的阳光。他不该在这里。他不知所措，无所适从。还不如自杀，一了百了呢。不幸的是，他依然苟活于世。他闭上眼睛，面朝阳光，感受着阳光的爱抚。

保罗的德索托[1]向后一倒，猛地停了下来。罗斯玛丽打开车门，身子前倾了一下，然后喊道："快上来！"

吉布森先生也乖乖地上了车。她把前座的位置让给了吉布森先生。她似乎很笃定，保罗会来开车。

保罗很快就赶了过来。他把一件蓝衬衫搭在赤裸的肩膀上。然后，将两条腿伸到了车座下。"罗茜，现在去哪儿？"

"超市。"她果断地说道。

吉布森先生就这样坐在了中间。他还不如当一尊蜡像呢。

"我打电话叫珍妮回家。"保罗说道。不过，他已经准备好要开始

---

[1] 德索托，美国的一个汽车品牌。它曾经是克莱斯勒公司的一个子品牌，于1928年至1961年间生产销售。

喋喋不休了。"她在上音乐课。我母亲一个人待半个小时应该没什么事。我刚扶她躺下,也没告诉她发生了什么。我不能吓到她……他到底怎么了?"保罗生气地问道。

"我当时一定是疯了。"吉布森先生心平气和地说道。这是最容易说出口的话了。他现在毫无畏惧可言,内心也不再苦痛了。

"它可一定得在超市里啊,"罗斯玛丽说着,"希望警察已经找到了。保罗,你知道那是什么吗?那是毒药吗?"

"是的,是一种危险的物质。我跟他说过这个东西——他是怎么拿到的?"保罗怒气冲冲地问道。

吉布森先生如灵魂出窍一般,好像在解释着什么。保罗的面目非常狰狞。他咬着牙,控制着自己的情绪,好像有这样一种"惯例":吉布森说的话,他们都能听得进去,但对其真实性却半信半疑。保罗冒着冷汗。汽车颠簸地行驶着,离超市只有三个街区了。"罗茜,你刚才回家干什么?"保罗紧张地问道。

"我想和他单独谈谈。我不喜欢——这是埃塞尔离家上班的第一天……"他们转过弯,"看!有一辆警车!"

此刻,但凡吉布森先生内心有一种强烈情感的话,那一定就是好奇心了!他非常想知道,警察到底发现了什么?

他试着去解锁内心的疑问,也让自己觉得还尚在人间。这个人在大街上窜来窜去干什么——他是谁？这些推来搡去的年轻人都是谁……罗斯玛丽的双脚立刻从车门里伸了出来。然后，站在了超市停车场的人行道上。保罗拉下了制动，从另一侧下了车。

吉布森先生坐了一会儿。他感觉自己被抛弃了，被孤零零地晾在那儿了。他看到车上两扇前门都敞开着。他不知道自己的内心在悸动着什么？不过，也没什么，就是好奇心罢了。

于是，他钻过方向盘，也尽量利利索索地下了车。然后，一瘸一拐地跟着他们进了超市。

第十三章

"我肯定记得他。"这个收银员说道。收银员是个小姑娘。一头乱蓬蓬的黑发,眼睛又大又黑,耳朵上还戴着一对大大的金纽扣耳环。"我一直觉得他人很好,你懂我的意思吗?在那儿呢,我看到他了。那个就是他,对吧?但是我没有看到绿色纸袋啊。它并没有和他买的东西装在一起。他压根就没拿绿色纸袋吧。你看……"她向那个高个子警察走了过去。她抬起头,殷切地看着他。"你看,马上到午饭时间了,我们也不是很忙。我们这时候都不忙,向来如此。当时,我看着他从那扇门进来,他看起来脸色不怎么好,好像是病了,还是怎么着。我看见他两手空空如也。如果他拿了,那就一定在口袋里装着呢。你检查他的口袋了吗？"

"口袋里有没有呢？"罗斯玛丽走到他的跟前。瞬间，她的"压迫感"扑面而来。（她已经不再是他所认识的那个罗斯玛丽了。）警察的目光似乎也上下打量着他。吉布森先生像个玩偶一样，无助地站在那里。此刻的他，也很像一个无助的小男孩——虽然考了不错的成绩，家人却质疑成绩的真实性。

收银员几乎快要哭了。"他为什么要这么做？天呐，我觉得他是个好人……我觉得，有些顾客确实不好打交道，但他真的很和善。"她用了过去时态，就好像他已经死了一样。不过，没人回应她。

"听我说，"她抽泣着说着，"我也没有把你的绿色纸袋和其他顾客的东西混在一起。只有三四个人经过了我的收银台而已。毒药不在这儿。也许，他压根就没有带毒药。"她惊恐地瞥了吉布森先生一眼。

"如果毒药不在这儿，"罗斯玛丽紧张地说着，"那就一定还在公交车上。"

"等一下，"警察说道，"现在——"他的眼神中充满寒意。他们死死地盯着吉布森先生。好像在说，他就是一个物品，一个麻烦一样。（看得出来，他已经习惯被别人视为一个麻烦了。）

"你确定上公交车的时候，手里拿着这个装有毒药的绿色纸袋吗？"

"是的，我确定。"吉布森先生镇定自若地说道。

"那回家以后呢？"

"回家就找不到了。"

"你当时心情不太好？"警察问道，"那么，会不会把它落在公交车上呢？"

"我'忘记'了，"吉布森先生回应着，"因为，潜意识里，我也并不是真的想要……"他的口气听起来就像鹦鹉学舌一样。

罗斯玛丽粗暴地抓住他的手臂。"难道你想让一个陌生人死于非命吗？"她朝他嚷着。

他像是被刀刺中了一样。"不，"他说道，"不，我不想。"

"嗯，这就好！"罗斯玛丽好像获得了某种胜利似的，"你看吧，他也没想着让别人死于非命！"

保罗说道："等一下。这些警察在干什么啊？"

警察回应道："他们在追那辆公交车。现在，正在广播。我要彻底搜查这栋楼，以防有人……"

"你认为他们有多大把握……"

警察耸了耸肩。他并没有对他们抱有很大希望，他是个悲观的人。他眼中所看到的只有"麻烦"。他已经尽力了，只能这样了。"不论谁捡到了这个瓶子——看起来像个橄榄油瓶——可能会把它扔掉，"他说道,"估计也不会带回家——不会自己用。不过,谁又敢保证他们究竟会怎么做呢?"

吉布森先生心想:埃塞尔敢保证!有那么一会儿,他都担心自己由于太过紧张,会不会爆出这句话。

"我们能不能找到那辆公交车呢?"罗斯玛丽敦促着。

"哎呀,罗茜,我也不知道,"保罗回应着,"你确定他不用去看医生……"保罗焦虑地问着。

"快点,快点……"罗斯玛丽说道。

收银员,也就是那个小姑娘,她正祈祷着:"噢,上帝啊!我真希望你们能找到它!可千万别出什么岔子啊!"她用余光瞥着吉布森先生。"哎,你现在感觉怎么样,还好吧?"她似乎很关心他。

吉布森先生没有回答,依然沉浸在不明所以的忧伤之中。他也不知道什么叫"还好吧"。

接下来,几个人回到车里,座位还和之前一样。

"5路车。是那辆驶出林荫大道的公交车吗?"罗斯玛丽问道。

"是的。"

"但是,我们怎么知道具体是哪一辆呢?你有看清楚车上的编号吗?"

"没有。"

"即便没有，警察还是能够找到那辆公交车的，对吧？因为他们知道你在市中心上车的时间，也知道你在超市下车的时间。"

"有可能吧。"

"或许，他们现在已经找到了。他们一定是找到了，现在是2点15分。"

罗斯玛丽还在喋喋不休地嘟囔着什么，她心里担心极了。吉布森先生的答复也都是零星的几个字而已。保罗开着车，开得也不是很稳。车晃晃悠悠地行驶在路上，可以看得出他的紧张。吉布森先生感觉自己的灵魂，莫名被一种"彻底毁灭"的力量拖拽了出来。看来这种"似曾相识"的力量，要卷土重来了。他也没有打算"切断"这种力量。他也意识到，保罗俨然把自己看作了异类。可以想见，他还是有所忌讳的，唯恐避之不及。他对这样一个企图自杀的人，俨然害怕到了骨子里。

吉布森先生不知道自己该不该解释一下？现在的问题是……他压根想不起来，事情是如何出乎常理地发展到这一步的。他依然坐在这两个人的中间。诧异的是，这两个人却义无反顾地保护着他——避免他沦为一个杀人犯。宿命……对，就是这个词。现在，他想起来了……

"我打算写封信，"他大声说道，"我想要解释一下……至少，我——"

"好了,别写了！"罗斯玛丽情绪激动地喊道，"现在不行。别说这些。

不管你是怎么想的——不论过去怎么想的，还是现在怎么想的——都不重要。总之，现在我们必须找到这个致命之物，以免这瓶毒药误伤到别人，"她冷静地分析道，"现在，你想说什么就畅所欲言吧。保罗，你能开快点儿吗？"

"听着！"保罗神情紧张，满头大汗，"我可不想这么早就车毁人亡，你知道的……"

罗斯玛丽回应着："我知道，我知道。"她攥住自己的小拳头，在车边上捶打着。"这事应该怪我。"罗斯玛丽说道。

就在吉布森先生要驳斥她的时候，罗斯玛丽扭了过来，恶狠狠地盯着他。

"这怪你，也怪我们。一定是这样的，我来证明给你看。我累了，"她哭着说道，"我已经筋疲力尽了——"

保罗说道："罗茜，少说两句吧。他一定是疯了，随他吧，他一定是疯了。"

不过，吉布森先生还是有一种莫名的感觉：是的，没错！自己是个罪人，要怪就怪自己吧。

这条林荫大道的中间有一条分界线。在杂草丛生的中央空地，铺设着电车轨道，不过已经老旧不堪了。电车现在已被公交车取代了。林荫大道两旁排列着一些低矮的建筑。它们看起来很是讨喜，都是按照加利福尼亚风格修筑的。周围也都郁郁葱葱。外墙的颜色各不相同，有粉色的、黄色的、绿色的……在明媚阳光的衬托下，显得格外整洁，熠熠生辉。这里其实是购物中心——它宛如精美项链上的宝石，有着十足的吸引力。购物的人们时不时涌进去。在一个大型食品超市的过道两侧，成垛成垛的水果堆在那儿，有红色的、黄色的，还有橙色的。这里还有药店和洗衣房。

车子又走了十分钟——林荫大道的分界线消失了，只剩下单独的一条行车道。他们顺着这条街道蜿蜒而行，穿过了住宅区，一直走入那狭长的山谷。山谷里的房屋愈发低矮，也破旧了不少。这里只能算是城市的"边缘地带"，所以"乡土气息"很浓郁。吉布森先生坐在他们俩中间。他看着眼前的一切，觉得自己好像来到了另一个星球。

此刻，他们旁边过去了一辆公交车。不一会儿，又过去了一辆。不过，这两辆都不是他们要找的。

保罗·汤森现在开口了："我想，5路公交车要在交叉路口转弯。所以，我们再等等看吧。如果你是1点45分左右下的车，那么，在2点40分左右或稍晚一点儿，车子会到达终点站。我们等会儿回去的时候，估计会碰到那辆车。现在几点了？两点半了。"

"我不知道究竟是哪辆车？"吉布森先生发出疑问，"警察知道的。看看街对面……"吉布森先生此时虽然看起来虚弱无力，但大脑仍在高速运转,"捡到瓶子的人,"他镇定自若地说着,"可能会在中途的任意一站下车。"

"是啊,但是——"保罗紧张不安地瞟了他一眼。保罗想把自己的担忧大声说出来,却戛然而止了。

"事实上,当公交车掉头回来的时候——就意味着,当时一起的那些人,也肯定都不在车上了。"

"也许捡到瓶子的人已经交给司机了,也许他们有一个失物招领处……"

"也许吧。"吉布森先生看起来是那么"恬淡寡欲"。

"试想,哪个人会立马去吃刚捡来的东西呢?"保罗说着,"况且,这还是已经拆封的呢。你拆掉塑封了吗?"

"上面没有塑封,拧一下瓶盖儿就行……"

"瓶子有多满?"

"挺满的。"

"倒出来不太像橄榄油。不过,还是很像油的质地,"吉布森先生说道,"瓶子闻起来,倒是有橄榄油的味道。"

"听我说——"保罗说着,"即便我们找不到……也不要忘了,他们也正在广播播报呢。反正那个警察是这么说的。"

"也不是每个人,"吉布森先生质疑道,"都经常听收音机吧。"

罗斯玛丽回应道："我们应该面对'现实'，不是吗？"她又扭了过去，像之前一样恶狠狠地盯着他。她的眼睛发出凶狠的蓝光。吉布森先生意识到，在罗斯玛丽的身体里——在罗斯玛丽的面孔之下——在罗斯玛丽那优雅的举止和修养之下——住着另外一个灵魂。一个他从未见过的灵魂，一个决绝狠辣且坚定暴怒的灵魂。这个灵魂毫不畏惧地说道："我想，如果有人误食毒药而死于非命的话，你就得坐牢了。"

"我觉得吧，"保罗摆出了一副无所谓的样子，"无论如何，你都会丢掉工作的，对吧？"

"是的，大家也都知道……"

超市里的人、公交车上的人、警察、邻居、普罗大众……吉布森先生心想，是啊，每个人都会知道的。

"但是，要是没有人死于非命，并且我们还找到了毒药，"罗斯玛丽说着，"那么，其他的一切也都不要紧了。我说得对吧？"

吉布森先生用手挡住自己的眼睛。他知道，罗斯玛丽说得确实很对。

"别灰心！"保罗焦虑地说道，"结局如何，谁知道呢？现在几点了？已经2点50分了——公交车已经掉头了。"

"看！"罗斯玛丽说道，"快抬头……看前面！就在那儿！它开过来了！"

第十四章

事实上，同时有两辆公交车映入他们的眼帘。其中一辆是宽体黄色公交车。它现在正停在马路牙子上。一辆黑白相间的警车紧跟在后。他们看到，警车旁边站了三个人——两个警察、一个公交车司机。

另一辆公交车已经停靠在了前面不远处。一群人——大概十几个——正在上车。这些人似乎都无一例外地扭着脖子，回头望向警察。

保罗把车调了个头。车子依然颠簸得厉害，最后停在了警车后面。现在是2点54分。吉布森先生一瘸一拐地跟着同伴。他们一行三人穿过了凹凸不平的草坪，草坪就夹在马路和破旧不堪的铁丝栅栏中间，这好像预示着一场危机的到来。吉布森先生心想：大多数危机发生的时候，总会出其不意。

"我是吉布森太太！"他听见了罗斯玛丽的喊叫，"我丈夫他……你们找到了吗？毒药在这儿吗？"

三个人谁也没有开口。吉布森先生知道，他们都没有找到那瓶毒药。

"另一辆公交车上，有人捡到吗？"罗斯玛丽打破了沉默，她大声问着，"到底发生了什么？"

"车上的乘客，"其中的一个警察回应着，"他们——任何一个人——都提供不了任何线索。所以，我们就让他们去忙自己的事儿了。"

他转过身来："你就是那个把毒药装在橄榄油瓶里的人？"他问的就是吉布森先生，而非保罗……吉布森先生点了点头。

"好吧，我们在这辆车上，还是没找到那个瓶子。"

"你坐的是哪个座位？"第二个警察厉声问道。

吉布森先生摇了摇头。

"那个袋子有多大？"

吉布森先生默默地用手比画给他们看。

"是装在纸袋子里的吗？"

吉布森先生点了点头。年轻的警察瞥了他一眼，脸上露出了厌恶的神色。警察面向敞开着的公交车门，倒吸了一口气。看样子，他对这种棘手的问题很是头疼啊。他的搭档戴了一个厚重的头盔，年龄比他年长一些。他正扶着罗斯玛丽的胳膊肘,她站了起来。保罗也跟了过去。他们四个人在车里"翻箱倒柜"地搜寻着那瓶毒药。想必,警察刚才已经搜过了。

吉布森先生站在尘土飞扬的草丛中。就是这辆公交车吗?他坐过这辆车吗?哪怕任何一点细节,他都想不起来了。此刻,他站在这里,站在阳光下,站在尘土飞扬的草丛中。他看到,自己脚下的地面向远处延伸着……他,成了一个幸存者。

公交车司机是一个身材瘦削的男人,30岁上下。他看起来愁眉不展,脸色苍白。他也站在了草丛里。他的双手插在裤子口袋里,双眼正看着吉布森先生。"嘿,你为什么看起来这么平静呢?"司机轻声问道。

吉布森先生吓了一大跳。"我摊上事儿了。"他不耐烦地回应着。

公交车司机噘着嘴,看起来好像要把舌头顶到牙齿上了。他向后挪了好几步,然后倚在了车门上。他大声喊道:"这个人,中途挪到了右排靠窗的单人座位上。"

听到司机的话,车内的四个人都纷纷跑向右排的座位。然后,搜寻了起来。司机向前走了好几步,靠在了这辆高高的黄色公交车的外壳上。

"你确实摊上事儿了,"他对吉布森先生说道,"哈姆雷特曾经也弄过这么一出。你还想再弄一出吗?"他开始了他的"含沙射影"。

"我也不知道,"吉布森先生怒气冲冲地说道,"不论什么结果,我都能承受。"他耸了耸肩。

"嘿,吉布森。你在大学教书,是吗?"司机问道,"你教什么?"

"诗歌。"

"诗歌!哈哈哈!"司机咧嘴一笑,"我猜,关于死亡的诗也有一百万首吧。"

"描写爱情的诗,也同样数不胜数。"吉布森先生的嘴唇看起来都要僵了。这是他生平最奇怪也最出乎意料的一次对话了。

"当然——爱情和死亡,"公交车司机说道,"还有上帝和子民——这些都是'真实'的东西。"

"真实吗?"吉布森先生眨了眨眼。

"你觉得不真实吗?"公交车司机说道,"别来这套。"

年轻的警察下了车。"没有找到,"他说着,"毫无头绪。我们过几分钟再看看。"

"啊?"司机说道,"你们是怎么了?难道都不相信自己的眼睛吗?"

"眼睛也会耍一些有趣的小把戏。"这个警察生硬地回答道。

"对我来说,也没什么影响。我不介意罢工一天,多么美好的一天啊!"公交车司机若有所思地看了看吉布森先生。

罗斯玛丽从公交车上跳了下来,问道:"我们能做些什么呢?"

保罗在她身后，挽着她的胳膊。

"罗茜，最好还是回家吧，"他低声说着，"广播是唯一的希望了。我们现在能做的只有等待了。"

"你还记得他吗？"罗斯玛丽冲公交车司机喊道。

"太太，我当然记得。"

"你当时看到那个纸袋了吗？"

"可能看到了吧，"公交车司机眯着眼睛回应着，"我印象里，他投币的时候，把一个袋子从一只手转到了另一只手上。我也就只能记得这些了，兴许对你们有用吧。"

"他下车的时候，你有没有看到他手里拿了一个纸袋呢？"

"太太，我没看到。因为他们下车的时候，都是背对着我的。"

"你还记得有谁坐了他的座位？"

"太太，我没看到。他是在兰伯特下的车吗？那时我和一辆绿色的庞蒂亚克[1]正在'博弈'——就在他下车的那个地方。我们都在虚张声势地'吓唬'对方，所以我没有注意……"

"车当时满员了吗？"

"太太，没有。那时候车还没坐满。"

---

1 庞蒂亚克，美国的一个汽车品牌，创始于1926年。

"你知道吗?"罗斯玛丽说道,"这是一种致命的毒药,它装在了其他的瓶子里。你知道事情的严重性了吧?"

公交车司机很惬意地回应道:"我知道。"

"你有没有注意,是谁拿着这个绿色纸袋下了车?"

"太太,他们下车的时候,我压根看不见他们的手。"他耐心地提醒着她。

罗斯玛丽紧紧攥着自己的双手。她望向了远方的田野。

保罗说道:"要是有人把它捡走了,我们也不知道那个人是谁……也许这个人能听到广播的警告,也许压根就听不到。"

两个警察默默地听着,一言不发。年纪稍大的那个警察挪了挪身子。

"也许吧,"罗斯玛丽回应道,"或许,我们还能做点什么。你当时可是在场呢,"她面向公交车司机说道,"你还能认出当时在车上的其他乘客吗?"

"啊?"公交车司机皱了皱眉头。

"我们还能找谁问问呢?也许当时就有人看到了那瓶毒药呢?"

"等一下,"公交车司机看起来要怒火中烧了,"这东西是毒药,是吗?"

保罗看起来很生气,他回应道:"毒药的危险程度可想而知啊。毒药是从我实验室拿出来的。他分明知道那是什么东西,他就不该……

算了，回家吧，罗茜。"

"哪怕是陌生人，"罗斯玛丽对着公交车司机说着，"也肯定会相信瓶子上的标签吧。虽说是陌生人，可人家也不想死啊。大家的确很信赖产品上的标签……"

"是啊，"他说道，"他们都能看到标签。当时，我的金发女郎也在车上。"

"金发女郎？"

"是啊，虽然她不会……我不认为……没有人，"公交车司机一板一眼地说着。他那原本倚靠着车子的身子，一下子挺直了起来，"我的金发女郎有危险！"他看起来高大了许多，"那是你的车吗？"

"这位金发女郎是谁？"年轻的警察顺势围了过来。

"我不知道她叫什么。"

"她住在哪儿？"

"我也不知道她的住址。"

"她在公交车上吗？"

"是啊，她在车上。"

"如果你不认识她……那你怎么？"

"她自己都不知道，她竟然是我心中的金发女郎——只是现在还不知道罢了。但总有一天……等时机成熟了。瞧着吧，"司机说着，"我要走了。我知道她在哪一站下的车。我能找到她的,没有人能够伤害我的金发女郎。"

他朝着保罗的车走了过去。

"噢,是的!保罗,"罗斯玛丽喊道,"肯尼斯,走!我们一起去找她。她可能看到了那瓶毒药……快点走吧。"

所有人一窝蜂地向保罗的汽车涌了过去。

那个年长的警察说道:"等一下……你知道,我得打个电话。在几秒钟内,我就能派一辆巡逻车过去……"

"地址在哪儿?"公交车司机不禁发问,"我自己都不知道她住在哪儿?我只知道她在哪一站下的车,就在艾伦大街和林荫大道的拐角处。你就知道这些能有什么用?谢谢,但无论如何,我都得去找她。只要一看到她,我就立刻能认出她,知道吧?"

"那么,停在这儿的这辆公交车,怎么办呢?"

"这都生死攸关了,"司机把手搭在了保罗的车上,"让他们炒了我吧。"

保罗就站在他的后面。"把钥匙给我。"司机说道。

"我的车……我来开。"保罗看起来很痛苦,语气也严肃了不少。

"你的技术没我老练。"公交车司机说着,便从保罗手里拿过了钥匙。

吉布森先生只知道,罗斯玛丽一直拉着他,催促他赶紧上车。他们两个人坐在了车的后座，保罗则坐在了司机的旁边。

"一切顺利啊，"年长的警察亲切地对他们说道，"现在就打电话。"年轻的警察嘴里还在嚼着草叶。

公交车司机挂上了挡。车子向后一冲，很快便消失在了车流里。这辆车好像在司机的操作下显得格外兴奋。

"我能做的，也就是节省更多的时间而已，"公交车司机说道，"开车是我谋生的手段，各行各业都术业有专攻。"

"确实是这样。"保罗低声回应着。

他们正向镇子的方向驶去。

第十五章

"我叫李·科菲。"司机突然介绍了自己。保罗坐直了身子,感觉舒服多了。

"我叫保罗·汤森,"他的语气和平时差不多,同样的平易近人,"我和吉布森先生一家是邻居。"

"我知道了。这位女士就是吉布森太太吧。"

"罗茜,"保罗说着,"这是李·科菲——"

"她叫罗斯玛丽,"吉布森先生大声地介绍道,"我叫肯尼斯·吉布森。我就是那个……"

"罗斯玛丽女士,幸会,"公交车司机回过头问道,"肯尼斯·吉布森先生,你究竟碰到什么事儿了……非要服毒自尽不可吗?"

吉布森先生干巴巴地咽了一下口水。

保罗赶忙插话:"别说了,现在咱们都别说这些了。他只是临时起意而已……他甚至都不知道自己做了什么。他当时脑子不太正常,现在肯定没什么问题了。"

"那他怎么突然又'没什么问题'了呢?"司机发出了疑问。

"为什么?因为他知道……自己还有朋友。随便任何一个理由,都能支撑他活下去。"

"糖果吗?"司机继续发问。

"我不知道你在说什么。"

"这个理由解释不通啊,"公交车司机一边说着,一边熟练地把车开到了中间车道,"怎么可能——假如,现在你坐在离地面很高的窗台上,打算自杀。你注意到……大家想要劝他下来,给他棒棒糖之类的东西。所有的朋友也都劝他回家。家里的宠物狗需要他。回家了,还可以喝啤酒、吃巧克力……可是,在我看来,如果一个人都闹到了自杀的地步,脑袋里想的肯定还是那件烦心事。他压根没工夫理会什么糖果,对吧?"

"你错了。"吉布森先生强有力地反驳着。

"那是怎样?"

"其实采用何种方式已经不那么重要了。只要有那么一瞬间,砰的一声落地,也就足矣。"

"我懂了,"公交车司机说道,"也对……好吧,你说得也在理。听起来还蛮有趣的。"

车子向前行驶着,但也没有超速。司机并没有因为拖拖拉拉、笨手笨脚什么的,而浪费掉任何时间。

吉布森先生对司机的表现赞赏有加。他的心情也愉悦了不少。

"如果你想谈谈的话……"公交车司机问道。

保罗赶紧回应道:"不,我不想……"

吉布森先生倒是显得很真诚。"等有机会了,我可以跟你聊聊这件事,但现在不行。"

与这个对他感兴趣之人交流心得,确实能让他放松不少。这个人,饶有兴致地撬开了一个尘封已久的盒子……一个一直处于负压和封闭状态的盒子。盒子里别有洞天。

他侧过脸看了罗斯玛丽一眼。他发现,她的眼睛中露出了一丝淡淡的微笑。"科菲先生,不妨给我讲讲你的金发女郎吧。"她欢快地说道。

"看看我,就知道火急火燎地去救她,"公交车司机说着,"她自己都不知道,竟成了我的女神呢。我对她的了解也不多,就随便说两句吧。

我几乎每天都能看到她。现在，我还是会留意她。我正在慢慢了解她。我一直都想鼓起勇气和她说句话，但是从来没有说过。不过，也不要紧吧。我知道自己很喜欢她。我又怎么能眼睁睁地看她误服那瓶毒药呢？吉布森太太，如果就这样去找她，会不会有所冒犯呢？"

"叫我罗斯玛丽吧，"罗斯玛丽一脸严肃地对他说道，"科菲先生，不会的。不会冒犯她的，一点儿也不会。"

"叫我李就行，"公交车司机说道，"特殊情况而已，没什么不妥的。罗斯玛丽，听我说，她确实是个漂亮的金发女郎。"

"你还蛮有趣的嘛。"罗斯玛丽回应道。

"那可不。"李·科菲若有所思地回答着。

保罗却在这个时候问了一个老生常谈的问题："你当公交车司机很长时间了吧？"

"已经十年了。从我退伍之后就开始做这个工作。因为，我喜欢思考。"

"喜欢思考？"保罗重复了一遍他的话。似乎这句话让人下巴一惊，有点摸不着头脑。

"就是喜欢沉思，喜欢沉思，"公交车司机解释着，"这就是为什么我会选择去做'有益的'工作，而非'创造性的'工作。你一旦要求自己去实现一个目标……或者要去赚一百万美元……这些都会成为你思想的包袱。这就是我个人的看法而已,我就喜欢这样。"

保罗感到有些困惑,不耐烦地问道:"你怎么能找到这位金发女郎呢?你都不知道她是谁……"

"他肯定会找到她的,"罗斯玛丽赶忙插了一句,"肯尼斯,你觉得找不到吗?"

"咱俩的想法一样,"吉布森先生说着,"他会找到她的。"

保罗看起来有点儿吃惊。汽车在红灯前缓缓停了下来。

"科菲——李先生。"罗斯玛丽突然深吸一口气,双膝跪在了后座上。"请你帮帮我吧。告诉我一些办法吧。"

"可以,如果我有的话……"

"我能看得出来,你是个非常专业的司机。你能告诉我……我坚信,你肯定会有的,我相信你。"

"出什么事了?"公交车司机问道。这时候,变成绿灯了。他迅速地把车驶离了斑马线。

吉布森先生讶异地坐着。

罗斯玛丽依然跪在座位上。她正向这位公交汽车司机滔滔不绝地讲着什么。

"那是个雾蒙蒙的夜晚,"她说着,"我正在开车,我开得也很小心。我知道……据我所知……我当时在道路的右侧行驶。"

"接着讲。"司机鼓励她继续讲下去。

"我知道，车的右侧有一条很深的沟渠。我想，我都已经开了这么远了……你明白吧？"

"是啊……然后……"

"突然，有一辆车迎面驶来……当时，那个司机在他那个方向的左侧行驶着。我得赶紧想个法子避一下。"

"确实是这样。"李·科菲兴高采烈地说道。

"我把方向盘向左打，"罗斯玛丽激动地说着，"你看吧，我以为……"她用胳膊埋住了头。

"然后，发生了什么？"司机问道。

"他向他的右侧打了方向盘。结果，两辆车撞在了一起。你说说看，你得告诉我，我是不是做错了？这能怪我吗？"

公交车司机在脑子里反复琢磨着当时的状况。

与此同时，他们已经在林荫大道上开了一段距离了。车也快到路边的分岔口了。路上的风景从窗外飘过。

"你当时有三个选择，"公交车司机这时候不紧不慢地说着，"如果可以的话，你应该向右转……没准拐在沟里，兴许还是个不错的选择呢。但是，这样也很危险。当然，你可以待在原来的车道上，也不用变道了。因为你确实在按交规行驶……看看对方会不会变道，或者看看他会不会拐弯，以此来避开你。话又说回来，这对你有很大的考验：你得出奇冷静，要有定力才行。或者，你也可以像你当时选择的那样，左拐想办法绕开他。在左边的车道行驶，哪怕违规了也无妨，是吧？"

"好像有一定道理……"

"是吗？"

"嗯，是的，确实有道理。你看吧，我觉得……我觉得那个家伙可能糊涂了吧。他以为自己在正确的车道上行驶。谁知道，他竟然会右拐！谁能想到呢？"

"你没有错，"李·科菲一脸严肃地对她说道，"你只是想找一个解决之道而已。按照当时的情况来看，谁又能确保有其他的解决之道呢？你的做法，对我来说很有借鉴意义。"

罗斯玛丽连呼吸都在颤抖。

"可惜的是，最后，汽车从右侧撞向了我们——肯尼斯还受伤了……不过，也只有肯尼斯受伤了，我没什么事。你也来评评理……难道我是故意让肯尼斯挡在我和另一辆车中间吗？难道牺牲他，是为了自保吗？这就是我左拐的原因吗？"

"你刚刚不是已经解释过你左拐的原因了？不是吗？"李·科菲问道。

"我以为，我是为了救我们俩才左拐的。但是，现在回头来看……

当时就没有什么沟渠,是我记错了。我们并没有走一开始有沟渠的那条路——就是右侧有沟渠的那条路。"

"是雾啊,"司机说道,"好吧,你当时在路的右侧行驶吗?"

"是的。"

"对面的那个司机,他在他的左侧车道上行驶?"

"是的。"

"你当时以为有条沟渠?"

"是的,我以为有——可是埃塞尔——说,根本就不是什么'意外'。除非——可能……在我潜意识里,渴望发生的那一幕上演了……"

"不是什么意外!"司机叫喊道,"这个埃塞尔是何方神圣?"

"打断一下,"罗斯玛丽充满戒备地说道,"她其实……聪明绝顶。她一点儿都不笨……人也不错。"

"啊,是吗?好吧,那我得说道说道了。就她,还聪明绝顶?在现实世界,就会有很多意外发生!"

"是吗?真的吗?"

"刚才,我听到了'潜意识',"公交车司机问道,"好吧,我明白她的意思了。确实有些人比较容易出事……这是得到证实的。就像有些人很容易生病一样……当然,对你来说,你不属于这种情况。"

"不属于?"罗斯玛丽颤抖着问。

"不然呢？"公交车司机解释着，"难道你的潜意识会告诉你该怎么做？你给我解释一下。它是不是得和对面开车那家伙的潜意识找个地方商讨一下呢？如果按照埃塞尔所说的那样，那么，他也不会发生意外了。嘿，你的潜意识是不是对那个家伙的潜意识说，'看啊，老伙计，我要出事了。你还好吧？要不然，就现在吧。'接下来，这个家伙的潜意识回应着，'好吧，幸好见了一面。我也打算出事呢，我自己……现在的时机刚刚好。所以，我们得同舟共济……'"公交车司机在旁边吐了一口唾沫，"那么，请你给我解释一下，如果不是意外的话，怎么让这两种潜意识'相遇'呢？你有可能会说……他们中有一个是有意为之……现在的情况就是，另一个人无论如何都会发生意外。所以，究竟在你们之中，谁在蓄意而为呢？是你，还是他？来说说看？"

罗斯玛丽一言不发。她依然跪在座位上，好像在祈祷着什么。

"当然了，"科菲继续说道，"如果你能提前预感到这一切，那就不会有什么意外了。但谁又能预感到这一切呢？你能感知到的东西也只有这么多了。你做不到——而且我也不在乎你能不能做到——你也不可能随时都能猜到别人何时何地都在干什么吧。不管是你，还是你的潜意识，都做不到！这已经超出了我们的能力范畴！这个世界上，发生了太多糟糕的事情。而我们所说的'意外'，当然也会发生。你明白我的意思了吧？"

"明白,"罗斯玛丽回应着,"是啊,我明白了。"她深深地叹了口气。

"那些总能避开意外的人,生活中也总是小心翼翼的,他们总是未雨绸缪。不过,最重要的是,当事情发生的时候,他们得迅速做出应对措施才行。看到了吧?即便是他们,也躲不过发生在自己身上的所有意外吧——"

"罗斯玛丽,"吉布森先生严厉地说道,"埃塞尔从来没有对你说过这些话。关于'你是故意伤害我的'这些话,她肯定说不出口的。"

"发生这样的事情,我肯定不是蓄意为之。不过,她认为我就是故意的。因为我的确让你受伤了。"罗斯玛丽啜泣着,"她一直说,她不会'怪'我。她一直说,她会'理解'我的。噢,肯尼斯,对不起——我不想反驳埃塞尔,但这……这真的……"

保罗生气地说道:"我也跟你说过,你压根不要在意埃塞尔。"

"说起来容易,但做起来难啊。"公交车司机直言不讳地说道。这句话一语中的、戳人心窝,令他们目瞪口呆。

"都是命。"吉布森先生低声说道。刚才已经让他震惊不已,这会儿才刚刚缓过劲儿来。"是的——都是命——好吧……"

"现在来说,至于潜意识……"公交车司机说着,扬起了一只手。他在挥舞着,好像在演讲似的。他正要开启一个新的话题。"它就在那儿,在正常运作着。或许,它就像其他人所说的那样。不过,远非如此。

比如说，为什么你要蓄意伤害他呢？"

"因为——"罗斯玛丽含糊其词，"但是，我没有想要伤害他。"她在座位上扭动着身子。

"我想说的是，这只是一个意外而已，"李·科菲告诉她，"看在皮特、迈克和玛丽亚的分上……我实在想不通，这个埃塞尔说这些有什么意义！"

罗斯玛丽哭了起来。

罗斯玛丽的一番话让吉布森先生怒火中烧。"小可爱，埃塞尔说得也不一定对。看把你吓得！"他愤愤不平地说着。他也觉得，这看起来就像是一出不怀好意的恶作剧。"比如，埃塞尔曾经跟我说过，公交车司机毫无人性，就像畜生一样。而现在呢，很明显……"

"什么！"李·科菲抬起了头，"让我告诉你，没有人比我们这些公交车司机更善良的了。善良是我们的美德，我们的天职便是如此。公交车司机具有极强的责任感，我们对待工作严肃认真。无论天气如何，无论交通如何，我们都会准点发车。无论何时何地，我们都会把乘客的安全放在首位。听着，我们比世界上25%的私家车司机善良多了，"他气急败坏地解释着，"我们不会'铤而走险'，我们没有权利这样做。乘客、行人、学生、疯子、酒鬼……我们要顾及世界上的每一个人。我们也会很好地应对突发状况，如果哪天真的发生意外了，相信我，那一定就是个意外而已。这个埃塞尔在说什么鬼话？她到底是谁？"

"她是我妹妹。"吉布森先生答复着。看到科菲先生暴怒了，他有点不知所措。此刻，不知怎么的，他甚至想大笑两声。不过他也知道，这样好像不太合适。

"什么妹妹？"公交车汽车司机看起来很沮丧。

"在我们出车祸之后……她来照顾我们……"

"我必须得说两句，"保罗的声音突然低沉了很多，"我们不要……不论是母亲、珍妮，还是我……我们压根都别太在意埃塞尔。她看起来那么冷漠，那么高傲……"

"埃塞尔毕竟是我的妹妹啊！"吉布森先生回应道。

"冷血无情，是吧？"公交车司机嘟囔着，"世界上总有一些人，和我们不是一类人。他们做的事……"

"你喜欢莎士比亚？"吉布森先生问道。

"当然喜欢。不仅他的语言恰到好处，他的音乐也是如此。你也喜欢莎士比亚吗？"

"我非常喜欢。"吉布森先生说着。他看起来既兴奋又吃惊，头发好像都要竖起来了。"你喜欢布朗宁吗？"他急切地问道。

"还行吧，读过他的很多首诗。当然，你得进入他的诗学世界来感受他。"

"他是位像淑女一样的绅士。"

"女性总是——你知道的——以一种文雅的方式进行思考,"李·科菲回应着,"当然,在她们成为铆工或者成为商界大亨之前,的确是这样的。"

"正是如此。"吉布森先生看起来自在得很。

罗斯玛丽也不再哭了。她靠在了吉布森先生的肩膀上。"你有听过埃塞尔讲金发女郎的事吗?"她一本正经地问道。

"她说什么了?"公交车司机质问道。

保罗·汤森坐立难安。"听着,我不喜欢杞人忧天,"他哀怨地说着,"可是,这个金发女郎在哪儿呢?她可能已经中毒了,她可能有危险,她可能已经死了。我不明白,你们现在怎么还有心思聊莎士比亚和布朗宁呢?"

公交车司机冷静地说道:"她肯定住在离这个街角不到四五个街区的地方。现在几点了?"

"3点20分。其实,已经3点22分了。"

"对啊,说来也是——谁会在下午茶的时候,把橄榄油当零食吃呢?这样的人也不多见吧。"

"噢,确实是!"罗斯玛丽拍手喊道,"留给我们的时间远比我们想象的要多。"

"也许吧。"吉布森先生满怀希望地说着。与此同时,他心里突然一阵刺痛——生命的苦痛——正在隐隐袭来。

或许，会有意外发生。当他的心中泛起阵阵"甜蜜"时，耳边又响起了刺耳的警报声。两者都掺杂在了一起。

可能会有意外发生。

第十六章

艾伦大街和林荫大道的交叉口有一盏灯。李·科菲在艾伦大街右转了。此刻,车里鸦雀无声。保罗的车缓缓驶过第一个街区,司机好像在嗅空气中的气味。他们驶过了一个十字路口。然后,在艾伦大街的第二个街区中间停了下来。

李·科菲说话的声音很大。他分析了当下的情形。他低着头,眼神飘忽不定,说话时的神态倒像是一个阴谋家。"她应该就住在艾伦大街这边,或者就在这条街的拐角处。她经常在艾伦大街这边等红绿灯……看吧,如果过马路的话,她就一定会走林荫大道。懂我的意思了吧?"

吉布森先生坐在座位的边沿上。他点了点头，表情比较严肃。与此同时，他还有一种在孩子身上才能看到的喜悦感——仿佛小孩子在玩过家家一样。

　　"好了，"李继续说着，"第一个街区是复式公寓，里面都是五居室和六居室。这些都是私人住宅。房龄虽然不短，但面积很大。容纳几个房客是没有问题的。"他说得没错。第二个街区的房子从地面上拔地而起。屋顶建在树梢上，树木往往都很高。这样的设计在加利福尼亚州的新兴小镇中也并不多见。"我认为她不像是有钱人，"他接着说道，"而且吧，我坚信她是独居的。如果她已经成家的话，夫妻俩肯定得有辆车吧。"是啊，在美国的加利福尼亚州，确实就是这样。"如果上班的话，她就不会像往常一样那么频繁地坐公交车了。我也非常清楚，那些和我一起乘车的人是什么样的。"

　　"但是，我们又能做些什么呢？"保罗说道，"你还不知道她叫什么吧？"

　　"李，我们该怎么办呢？"罗斯玛丽急切地问道，话语中不乏坚定。她也坐在了车座的边沿上。

　　"接下来，我们要做的——就是按门铃了。我们一次走一个街区，每个人都去找这个年轻的金发女郎。她个子不太高。职业嘛，倒像是护士之类的。我这么说的原因……就是，我曾经见她穿过白色长筒袜。

虽然很多工作都得穿白色制服,但是世界上不会有女性无缘无故地穿白色长筒袜,除非,迫不得已才穿的吧。如果你们有谁找到她了,或者有任何关于她的消息,就大喊一声。好让我们其他人都知道。此外,我们还得问问路人,有没有人看见她路过这。如果有人看见了,再问问他们,她朝哪个方向走了。切记,千万别告诉别人,我们打听她的原因是什么。"这时候,公交车司机捕捉到了吉布森先生畏畏缩缩的一面。"因为,我们得花很长时间给他们解释。"之后,司机问道,"懂了吧?"

　　李·科菲逻辑清晰、思路明确。他们四个人从车里下来,按照既定计划开始执行。罗斯玛丽沿着人行道往回跑,打算从街区的起始位置找起。保罗快步向街区的左侧走去,打算从终点位置找起。李·科菲就从他现在所在的地方找起。他的鼻孔似乎在抽搐。吉布森先生心想,他有理由能够推测出,那个金发女郎就住在其中一所房子里。至于什么理由,他不能说,也不想说。李·科菲在道路的左侧开始找。吉布森先生从道路右侧的第二户开始找。之后,他与罗斯玛丽会合。

　　他一瘸一拐地走向了自己负责的那栋房子。他按了按门铃,却没有人应门。家里好像没有人。吉布森先生现在站在这个陌生的门廊上。他一遍又一遍地按响门铃。他像在做梦一样,他是英语系的吉布森先生。天呐,他现在一定是疯了。他不能这样,但他毕竟是个罪犯啊。他现在深陷命运的齿轮里。他的朋友正为了他同命运的齿轮做一番抗争。他怎么能让朋友失望呢？他怎么能让朋友知道，他们也改变不了命运的走向啊？吉布森先生现在仿佛半只脚已经迈入了监狱的大门。他不敢想后续会发生什么。

他定了定神，逐渐冷静下来。他打算放弃这户，去按下一户的门铃。就在这时，他听到了一声刺耳的哨声。他抬头看了看，原来是李·科菲先生。只见他正大幅度地摇摆着他那长长的胳膊。

吉布森先生心里怦怦直跳。令他欣喜的是，李·科菲竟然是他们四个人中，最先找到金发女郎的那个人。他也感叹这种神奇的"魔力"。你可以想象，一个男人用他的聪明才智，用他的直观感觉，克服了种种困难，最终获得成功。这是一件多么天真烂漫的事情啊。他对自己的表现也相当满意。当吉布森先生一瘸一拐地左转时，罗斯玛丽正一路小跑地追向了他。保罗也在匆匆地往回赶。

这几个人聚在一栋木质房子的门廊上。房子看起来很整洁，外墙是灰色的，这种风格很容易让人想到新英格兰地区的房屋格调。他们还看到一丛紫丁香……一种在西方罕见的植物——就长在门廊的栏杆旁。门里站着一个金发的年轻女孩。李·科菲正用一种不易被人察觉的眼神看着她。她穿了一件蓝色的棉质浴袍。头发乱蓬蓬的，像是刚睡醒了一样。她的眉眼倒是很宽，下巴则小巧尖翘。这张小脸虽然颇具魅力,却并不符合传统意义上的审美。她的皮肤光滑细腻,灰色的眼睛清澈无比,嘴巴倒显得有些"严肃"。如果按照埃塞尔的眼光来看,她身上唯一的"女郎气"也就只有她头发的颜色了。

"她在这儿。"李说道,就像童话故事中的熊宝宝一样开心。

"请问,怎么了?"女孩以一种颇为笃定的语气说着。看得出来,她并不是一个沉不住气的人。在她瘦弱的外表之下,有一颗坚韧的心。

李脱口而出:"女士,我们并没有要怪罪你的意思。我们就是想问问,你今天有没有在公交车上捡到一瓶橄榄油?有没有带回家呢?"

"没有,我没有捡到。"金发女郎不紧不慢地回应道。

原本已经看到了胜利的曙光。突然间,仿佛又回到了起点。

"你有没有看到,"罗斯玛丽执拗地问道,"我丈夫……也就是这个人……"说着,她便把手放在吉布森身上,"和你一起坐公交车呢?"

"没有,我没有看到。"金发女郎回复道。她的目光一个接一个地向他们几个人扫了过去。"出什么事了?我记得你。"说着,她便走到了李·科菲的跟前。"你不是司机吗?"她的眼睛清澈明亮,目光坚定有力。

"是的,女士。"吉布森先生正等着李向金发女郎表明爱意呢。可惜的是,他也只是眨了眨眼而已,他看上去拘谨了很多。

她皱了皱她那白皙的额头。"你们有谁能告诉我一声,究竟是怎么一回事呢?"

只有罗斯玛丽,告诉了她事情的经过。当她大概讲到四分之一的时候,那个娇小的金发女郎招了招手,便将他们迎进了屋子。这看起来就是件糟糕的烦心事,好像他们站在外面,只要微风稍稍吹过,就可能将它散播出去一样。他们进来后,都纷纷坐在了客厅的硬质沙发和椅子上。罗斯玛丽继续讲述着。

这个年轻的金发女郎有一种冷静而严谨的气质。在听罗斯玛丽讲述的过程中,她没有发出惊恐的叫声,也没说什么赞同的话。即便如此,我们都知道,她对我们的做法表示理解。这对她也起到了警示的作用。

"李……李·科菲先生就在这儿……他记得你,"罗斯玛丽继续说着,"所以,我们就来找你。我们真希望是你捡到了那个瓶子啊。换句话说,我们真希望你当时看到有谁捡走了那个瓶子。"

"不好意思。即便我看到了,我也不会捡的。更何况,我也没有看到啊。"金发女郎的手洁白无瑕,没戴戒指,她的双手正放在自己的膝盖上。"不论是什么纸袋子,还是什么瓶子,我都没看到。"这个女郎的年龄不大,但内心波澜不惊。她没有因毒药事件而惊慌失措。

现在已经没有必要再一户一户地找了。他们已经"穷途末路"了。众人叹息这神奇的"魔力"!虽然帮他们找到了公交车司机的金发女郎,但让他们与毒药"擦肩而过"。毒药不在这。

吉布森先生感到局促不安。他发现自己对这种神奇的"魔力"深信不疑。"你必须得告诉我们,你叫什么名字。"他看起来还是很冲动的。因为他想让公交车司机知道她的名字。

金发女郎告诉他们,她叫弗吉尼亚·西弗森。这名字很适合她。她看起来确实像无瑕的少女一样,纯洁干净、平和从容。她身上还有一种斯堪的纳维亚人的冷酷感。罗斯玛丽兴致勃勃地把他们的名字都一一告诉了她。这种人与人之间的"文明礼仪"似乎让保罗·汤森放松了不少。他确实是个很有魅力的人。

其实,这一切都只是在拖延时间罢了。这个客厅虽然一尘不染,但看起来呆板陈旧。有一种让人窒息的感觉,死气沉沉。

西弗森小姐说道:"我在公交车上坐得很靠前。你肯定在我后面坐着。"她颇为严肃地审视着吉布森先生。"我很抱歉,"她把头转向了李·科菲先生,"你能找到我也确实不简单啊。"

"有一天,"李说着,"透过丁香花,我看到你在……"

"你也是从东方来的吗?"她亲切地问道,"你注意到丁香花了?"

"至于我是怎么注意到丁香花的,"公交车司机轻声地回应着,"下次有机会再说吧。"

金发女孩眉眼低垂。"我真希望能帮到你们啊。"她低语道。

保罗抽搐了一下。"嘿，如果警察现在还一直在广播上播报的话，我们不妨给警察打个电话吧。"

"打吧。"罗斯玛丽紧紧攥着拳头。

弗吉尼亚·西弗森给保罗指了指电话的位置。吉布森先生瘫坐在椅子上。他感觉已经山穷水尽了。所有的"魔力"也都是公交车司机带来的。毒药依旧没有找到，它依然是个定时炸弹。

金发女郎咬着嘴唇，走了过来。"其实，我是一名护士，"她对他们说道，"听到这件事……哎，我确实很震惊。"

"他嘛，自杀的原因有很多，"李·科菲温文尔雅地解释着，"很容易让人觉得是不是因为当时脑子不太正常。如果是这样的话，这倒容易喽——这难道不是一种'偷闲躲静'的行为吗？"

弗吉尼亚·西弗森歪着头。突然间，她警觉地瞥了他一眼。"不管是什么原因，现在已经不重要了，对吧？"她说道，"科菲先生，这瓶没有任何标识的毒药，现在就在我们身边。真是让人胆战心惊啊！我的职业素养要求我一定要当心这些毒药啊。"

"西弗森小姐，我们想找到它。我们真的很想找到它。"他慢吞吞地说道，他的眼神很专注，充满了迎接挑战的决心。

"当然，你们肯定能找到的，"她回应着，"我也能找到的。"她似乎感受到了他迎接挑战的决心。"容我想一想……"她坐了下来，冷静地说道。其间，她还拽了拽她那纤纤玉足上的蓝色长袜。

保罗打完电话，走了过来。当看到罗斯玛丽脸上那渴望的神情时，他实在不忍心开口。"没找到。现在已经三点半了。"他看起来紧张不安，一种挫败感油然而生。"那个瓶子究竟在哪？"

"一定在什么地方，"罗斯玛丽微微喘着气，嘴里还在嘟囔着，"在什么地方。"

吉布森先生也开始发挥他的想象力。他绞尽脑汁地想着，绿色袋子里的瓶子……究竟在什么地方呢？到底在哪呢？

"罗茜，这简直是大海捞针，"保罗说道，"我觉得咱们根本找不到。"

"不，我们能找到。安静会儿吧，"李·科菲恭敬地说着，"弗吉尼亚正在想着什么。"这个小护士对他笑了笑，她笑得很甜。公交车司机充满爱慕地看着她。

"李……"罗斯玛丽说着，她的声音几乎要崩溃了，"弗吉尼亚……小姐，我们的时间快要……"

"我们的时间确实不够了。"公交车司机赶紧说道。

吉布森先生对现在情形的研判一语中的。保罗却不这样认为。他高大的身材靠在拱廊上，帅气的面庞尽显失落。他好像在说，你们都在说什么？吉布森先生猜想，弗吉尼亚应该也接受了最后的结局。能够看到，她的眼皮低垂，好像已经默认了这个结局。

吉布森先生想，事情真是瞬息万变！李·科菲跟这个女孩说，他很早以前就注意到她了，他当时就觉得她外形靓丽。现在，他被迷得神魂颠倒。他对她期望很高。她也跟他说了，她……没有觉得自己被冒犯。她甚至想要得到他的称赞。她现在已经知道李·科菲是多么有趣的一个人了。然而，两人都决定先把对方身上的魅力暂时放一放……因为他们现在的第一要务，要尽其所能地帮助吉布森先生渡过难关。他们两个人，一个是公交车司机，一个是护士。吉布森先生的眼睛感到一阵刺痛。

大家都默不作声。最终，小护士开了口。她以一种平静镇定的语气说道："公交车上还有一个人我认识，不知道能不能帮得上忙？"

"真的吗？兴许还真能帮得上。"罗斯玛丽高兴得跳了起来，她大声喊道，"太棒了！真有你的！"

"是谁？"李·科菲问道。

"博特赖特太太当时在那辆公交车上，"小护士站了起来，"我记起来了，是博特赖特太太。我当时还在想，怎么他们家的三四辆车都开不了，非要坐公交车呢？她上车时，拿了一大堆东西，这似乎有点奇怪。她那么有钱……最起码，她老公很有钱吧。她们在山上有一幢特别大的房子。我敢肯定那个人就是她，我曾在红十字会的总部见过她。"

"沃尔特·博特赖特太太……"李·科菲突然振作了起来。他跑向过道，拿起了电话簿。然后，折返了回来。

"要是她没有在电话簿上登记过呢？"弗吉尼亚质疑道，"不过，我记得她登记了。"

"电话号码是多少？"公交车司机放下了电话簿。

"对不起，我没找到。"

"你知道她家吗？"

"知道，但不知道具体的门牌号码。"

"我们能不能去她家找她呢？"罗斯玛丽大声喊道。此刻，保罗发出了些许叹息声，而公交车司机正看着他的金发女郎。

"我们都去找啊，"弗吉尼亚说着已经走到了屋子稍远处的那扇白色门前，"别磨叽了，我开车带你们。"

李·科菲咧嘴一笑。他看了看手表，然后，抓住吉布森先生的一只胳膊。"这还是那个金发女郎吗？"他低声问道。刹那间，他几乎要把吉布森先生拖下门廊的台阶，快要拉到紫丁香丛里了。"你不会怪我吧？"

"金发女郎还是挺可爱的，"吉布森先生热切地说道，"你人真好！"

"没准是为了钱，"罗斯玛丽尖刻地说着，"也没准是为了物质利益呢。"吉布森先生看了看自己的妻子，只见她正抓着他的另一只胳膊。

她的蓝眼睛明亮有神。

"听着，我们会全力以赴的。"李兴致勃勃地说道。

"我们肯定会找到它的。"罗斯玛丽回应着。

吉布森先生几乎快要相信他们的话了。

第十七章

　　吉布森先生被半推半就地安排在了汽车的后座上。罗斯玛丽紧跟着上了车,她在座位上挪动着身子。李·科菲先生露出了一副满是期待的神情。他将保罗·汤森安排在了罗斯玛丽的另一侧。之后,他钻进驾驶座,拧动了钥匙。但是,车没打着。这时候,房门突然开了。弗吉尼亚蹦蹦跳跳地跑到了人行道上。她在白衬衫的外面套了一件棕色的套头衫,脚上穿了一双棕色的单鞋。不过,她没穿袜子。她那金色的头发滑溜溜的,还泛着光泽。公交车司机冲她笑了笑。她刚走到车前,车子正巧也发动好了。时间上简直是无缝衔接!金发女郎的确没有让司机失望。保罗满是羡慕。"发动机变脸可真快呀!"说完之后,竟没人回应他。他还不如不说呢。

车子要出发的时候,小护士跟他们描述起了博特赖特太太家的位置。李开车带他们绕着街区转了一圈。然后,穿过林荫大道,向北驶去。此刻,他们正朝着小镇西北部的一个大爬坡开去。那里的草坪愈发开阔,山岗上高高坐落着的房屋显得愈发高大。按照金发女郎的说法,博特赖特太太的房子应该就在坡顶上。那有一条小路,周围只有三四栋房子。她家房子的围墙后面还有一大片草坪。

"我觉得吧,地势越高,房子越少。"保罗说着。

弗吉尼亚转过了头。

"汤森先生,这种毒药有解药吗?"她问得很专业似的。

"保罗?"公交车司机跟着问道。

她朝他浅笑了一下:"万一要是毒死了人……我们该怎么办……"

"恐怕,我还不知道有什么解药。"保罗坦白道。他向前挪了挪身子,坐在了罗斯玛丽的旁边。"我也不是医生。干我们这一行,我们都深知应该怎样规避危险。并且,我们的职业素养也要求我们要小心再小心!"

"吉布森先生是怎么拿到毒药的?"小护士皱了皱眉。

保罗跟她讲了事情的经过。吉布森先生也跟着听了起来。在他看来,不知为何,保罗·汤森在向这个迷人的年轻女郎不断卖弄着自己的魅力。吉布森先生还觉得自己被莫名其妙侮辱了一番。

他看着罗斯玛丽。他那亲爱的罗斯玛丽,双手还攥着拳头,正岿然不动地坐在他们中间……她的决心,成为他们前进的动力:是她带头打响了这场战役,是她用自己的精神鼓舞了他们的士气,是她召集了这群勇士发起进攻。

吉布森先生感叹道:"罗斯玛丽,你就像个斗士一样!"

"我过去是一只小白兔,"她抱怨着,"现在还是。其实,我早该战斗了。对啊,早该如此了……"

保罗转了过去,一只手握住了罗斯玛丽颤抖的双手。"好了,好了,罗茜……放轻松,这样下去会弄垮自己的。再怎么担心,也无济于事啊。弗吉尼亚,你说对吧?"

护士没有回应他。公交车司机继续说道:"她从'担心'中获益良多。罗斯玛丽,我说得没错吧?"

"没错,谢谢你。"罗丝玛丽说道。她看起来已经觉得没有什么希望了,她那僵硬的身子有些瘫软。保罗也把自己的手拿开了。

"我现在很担心,"她继续说着,"也试图想象着,一个有钱的女士在公交车上捡到了这个陌生的袋子。话又说回来,她应该不会捡吧。"

"一切皆有可能呢,"护士神采奕奕地说着,"比如,她误拿了这个袋子。你懂我的意思了吧?如果她把这个袋子和她自己的袋子弄混了呢?她下车的时候,我也不知道拿没拿。因为,是我先下的车,这些都不一定的。假如她自己的袋子里有吃的东西呢？她可能会把吃的东西都放在厨房里。她家肯定有保姆的。试想一下，万一保姆不知道那是毒药，误以为那是博特赖特太太带回来的橄榄油。然后，做饭的时候直接下锅了，那可怎么办呀？"

"一小瓶吗？"罗斯玛丽感伤地问道，"里面只有一点点吗？现在几点了？"

"3点37分了。"保罗告诉她。

"不管怎么说，现在还有时间。"罗斯玛丽露出了"绝望"的微笑。

然而，吉布森先生却觉得已经来不及了。他觉得时间在一分一秒地流逝。这已经足够让那个服毒之人神不知鬼不觉地下地狱了。这个人到死都还蒙在鼓里。由于迟迟没有结果，他们知道这场战役很可能以失败告终。

"博特赖特太太的孩子们也都十多岁吧，"护士若有所思地说道，"他们肯定不会这么早吃晚饭的。"

"橄榄油？"罗斯玛丽发出了疑问，"谁会用这个做饭呢？"

护士回应道："做沙拉呢？噢……做三明治的时候……也可能做小点心……"

"别说了！"保罗说道。

护士继续说："我想，我只是在帮她分忧而已。"

"……好像是这样。"公交司机嘟囔着。

吉布森感到不寒而栗。那可是一个孩子啊！要是一个孩子中毒了，那该怎么办啊！他大叫了起来："你们应该离我远远的，你们就是自找麻烦——"

"什么麻烦不麻烦的。"弗吉尼亚回应着。吉布森先生觉得，他跟她之间有一种信任感。"我相信你。"他一脸诧异地对她说着。她却笑了笑。

"别担心了。"保罗也安慰道。

"保罗，别再说了，"罗斯玛丽不紧不慢地说道，"没用的。"

"罗茜，我之前跟你说过，"他愤愤不平地对她说着，"你应该和他谈谈，把事情都讲清楚……"

"你能找到的。你告诉我，你肯定能找到的，"罗斯玛丽目视前方，"保罗，对吗？"

她的手抽搐着。

"罗斯玛丽，你是不是察觉到了什么？"公交车司机用一种充满同情的语气问道。具体什么情况，他也不甚了解。他不知道他们之间发生了什么？"人们做出的决定都非冲动之下的产物。"

令人惊讶的是，吉布森先生偏偏就觉得自己是在冲动之下做的决定。也就一晚上的时间，他就想好了要自杀。

"吉布森先生,你身体一直都没好利索吗?"护士问道,"你现在还在吃药吗?我看到你的腿一瘸一拐的。"

吉布森先生心里一团乱麻。他心如刀绞,还在苟延残喘着。"只是断了一两根骨头而已,"他喃喃地说道,"就是一场意外。"罗斯玛丽转过头,看了看他的腿。他却将目光移向了别处。

"我也只是猜测而已,"弗吉尼亚温柔地说着,"因为有些病会让人情绪低落,有些药也是这样。"

吉布森先生看向了外面呼啸而过的车辆。他心想,这就是命啊。命中注定的劫难,降临了!

"我很难过,我确实是'情绪低落'。"他神色怏怏地说着。

"你得去看看医生啊,"护士小声责备着,言语间,还带有一丝惋惜,"医生会帮你缓解的。"

"就像对机器那样修修补补?"吉布森先生悻悻地说着。

护士一板一眼地回应着:"他们知道怎么帮助患者缓解病痛。"说完之后,她好像在想,也不知道这么说是否合适。

"你主要负责身心健康吗?"公交车司机突然打断了他们的对话。

"难道你身上有这些毛病?"护士问道。

"很久之前,"他大声说着,"很久之前,我就不再随意区分任何事物了——那种非此即彼的事物,比如身体和头脑、物质和精神。哈哈!

现在，我也听到他们说精神比物质坚固多了。任何东西都没有比人体更有趣的了。椅子也不例外呢。数不清的细胞——原子及其相关成分——在周围旋转……它们组成了什么？比如，波、机能的变化，还有我们都知道的，时间本身。还是得要提防那些傻瓜啊。"

弗吉尼亚大笑了起来，别提有多欢乐了。

吉布森先生的心情低落了下来——在路上，已经是第二次了。他自言自语道，这是命啊！"我想，我应该是病了。我看起来多少有点不正常吧。"

弗吉尼亚回应着他："你看，我们都太无知了。"

"是的，我们就是太无知了。"罗斯玛丽欣然附和道。

"任何人，但凡对医学知识有一定了解——我猜，或者对其他领域的知识有所涉猎的话——就会意识到，我们究竟有多么无知。"弗吉尼亚神采奕奕地看向吉布森先生。她希望能让他开心点。

"照你的说法，哪里有生命，哪里就有希望？"保罗觉得自己也参与其中了。

护士皱了皱眉头。她坐在前面，扭着身子和他们说着话。她那小巧的下巴几乎搭在了自己的靠背上。"我的意思是，我们应该承认，世界上还有很多未知的东西等着我们去发现。至于怎么去发现，我们也只知'皮毛'而已。吉布森先生，你懂了吧？就像有些人，他们一直在寻求别人的帮助。最后，也确实找到了一些解决之道——我之前见过这种情况。在黎明到来之前，所有人都不知道他们会有什么发现。我觉得你也应该去寻求一些帮助。"她轻声责备道。

"我也应该去……"罗斯玛丽的声音并不大。

吉布森先生也没说什么。他找到了一个"奇怪"的点。在他看来，上述的情况很难用宿命论来解释——这就是"奇怪"之处。一个人，由于身体内部的"化学反应"——我们称之为"内部机器"的东西——而变得情绪低落，即便他那些谦虚的玩伴承认自己很"无能"，不能为他"集思广益"……也找不到任何解决之道，这个人也不会受到命运的摧残。这真是一个"奇怪"的点，一个"奇怪"的"弱点"，不是吗？这个点，潜藏在命运——巨大的深渊中。

"真有趣。"他大声说道。

没有人问他为何说出了这句话？他也没做进一步的解释。车子驶入一条林荫大道。几个人都一声不吭。整整一个街区，他们都一言不发。

保罗坐立不安："我应该打个电话回家。我想知道珍妮是不是回来了……母亲，还好吧？"

"现在快4点了，"罗斯玛丽说道，"埃塞尔也快到家了。"她抬着头，看起来好像有一丝傲慢感。

埃塞尔！吉布森吃了一惊。她会说什么？他简直不敢想象。因为从上午 11 点到现在，绝对没有任何一件事会让埃塞尔觉得有价值。

"我觉得他没什么病，"公交车司机脱口而出，"只不过身体有些颤抖罢了。"

弗吉尼亚歪着头，毕恭毕敬地看着他。

"动摇了他的'根基'。"他继续说道。

"可每个人都很爱他。"罗斯玛丽回应着。她紧握双拳，举了起来，看起来宛如一个绝望的祈祷者。

"当然，每个人都'五体投地'地喜欢他。"保罗有点愤愤不平，仿佛吉布森先生罪无可恕地冒犯过他似的。

"每个人？"公交车司机打断了他，"现实点吧，别再提过往的'蜜糖'了。"

"蜜糖？"护士有点好奇。

"他除了即将要失去与这个好哥们的兄弟情之外，还有其他的烦心事在等着他呢，"李解释道，"嘿，快看，亲爱的！"他对着弗吉尼亚说道。"我们现在在海瑟薇大道上，那栋房子在哪儿？"

"白色的外墙，很像殖民地时期的建筑风格。"

罗斯玛丽说："毒药可能就在这。"

吉布森先生是整起事件的关键人物。所以，他也跟着他们一起下了车。

他们把车停在了院墙内的一处空地上。道路蜿蜒向前,通向立柱的入口。高大洁白的墙体好像在俯视着他们。每片雅致的窗帘都带有精美的褶皱。这是一座富丽堂皇的宅邸,用人们井然有序地忙碌着。

弗吉尼亚带路。她按响了门铃,一个女佣开了门。"博特赖特太太在吗?我们有急事,要尽快见到她。"弗吉尼亚说得干脆利落,语气也严肃认真,真是让人印象深刻。

女佣说道:"请进。"她尽可能摆出一副波澜不惊的神情。她领着他们来到了宽敞的门厅。地上铺着东方纹饰的地毯。他们的左手边,有一个很大的房间。他们看见一个年轻人穿了一双马鞍鞋,双脚翘在了灰黄的沙发扶手上。此刻,正晃悠着呢。那一定是个女孩吧——身子躺在了沙发上,嘴里在念叨着什么。房间里没有其他人,她肯定是在打电话。

一个16岁左右的男孩,从宽大的楼梯上蹦跶着下来了。"噢,你们好!"他跑向了右边的房间。房间里摆了很多书,还有一架钢琴。男孩拿起一个喇叭吹了起来。他们听到低沉的嘟嘟声,声音也渐行渐远。

沃尔特·博特赖特太太从楼梯下的一扇白色门里走了出来。她身高大约1.68米,体宽76公分左右。她身穿米色棉质服饰,上面镶有白色蕾丝,看着很结实的样子。她有一头漂亮的白色波浪短发。纤细的鼻子仿佛船头一般,嵌在了圆润的脸蛋上。她的眼睛也是蓝色的(但没有罗斯玛丽眼睛的颜色深)。他们对她的外在很感兴趣。

"我就是博特赖特太太。噢,西弗森小姐。你好!"

弗吉尼亚听到别人叫她名字时吓了一跳。不过,她也没说多余的客套话。"太太,我今天在公交车上看到你了……"

"很抱歉,"博特赖特太太打断了她的话,一板一眼地说着,眼神中满是疑问,"亲爱的,如果我看到你的话……"

小护士没再和她过多寒暄。"请问,你有没有拿错一个绿色的小纸袋?"

"我也不确定。"她镇定自若地说着。不过,她也能理解小护士在情急之下的心情。"我们不妨一起看看吧?"她转过了身。她那臃肿的身材看上去倒是十分从容,仪态也非常优雅。"莫娜。"

原来莫娜,就是那个女佣。

"去问问杰拉尔丁,我有没有带回来一个绿色的小纸袋。"

"好的,博特赖特太太。"

"袋子里装了什么?"女主人向这几位访客询问道。

弗吉尼亚如实跟她讲了讲。

博特赖特太太抿紧嘴唇。"好的,我知道了。事态严峻,"她说道,"戴尔!"

那个打电话的女孩腰间一挺,站了起来,"克里斯蒂,先等我一下。

怎么了，妈妈？"

"赶紧挂掉电话，"博特赖特太太说着，"现在有急事，得找到汤姆。让他好好看看他的车里，有没有一个绿色的小纸袋，里面装了一个瓶子。"

"好的，妈妈……克里斯蒂，等会再打给你。拜拜！"

"我儿子在公交车站接的我。"博特赖特太太向他们解释道。她的眼睛看向了电话。

那个女孩叫戴尔，18岁上下。她像跳舞一般走到了他们面前，她面带微笑，眼神里满是好奇。

一个身穿蓝色制服的女人，从白色门里走了出来。"太太，没有找到。整个厨房都找了，没有任何绿色的纸袋。"

"谢谢你，杰拉尔丁，"博特赖特太太说道。接着，她开始打电话了，"请问，是警察吗？"她说的时候，面向了他们五个人。他们默默地站着，一言不发地看着她，"你们谁是吉布森先生？"

吉布森先生感觉自己被所有的眼神包围着。他像是在做梦一样，谈不上难受，倒是内疚了不少。

"警察吗？你们有没有找到那个装在橄榄油瓶里的毒药？谢谢，"博特赖特太太拿起电话，言简意赅地说着，"还没找到呢，"她对着他们说道，"是的，我也在那辆公交车上。现在该怎么办？"

"真像个连环扣。"罗斯玛丽在一个接一个的失望与希望中挣扎着,"公交车司机记得她,她又记得你。"

"我记得还有西奥·马什。"博特赖特太太回忆道。目前为止,她还没用过"噢,亲爱的"或者"太糟糕了"之类的辞藻。她点了点头。她的手里好像握了一把无形的木槌,在维持着"法庭"的秩序。"不过,首先还是确定一下为好。"

"妈妈,我车里没什么袋子。"汤姆,也就是那个男孩,又出现在大家的眼前。他好奇地打量着这几个人。不过,他也没问什么。

"还有谁来着?"

"马什?"

"在哪?"

博特赖特太太在空中捶打了几下,又维持起秩序来。

"我知道唯一的一条路,能找到西奥·马什,"她说道,"不过,得开车过去。为了专心从事艺术创作,他竟然没在工作室里装电话。"

大家也都不太理解这种行为。他是个画家,当然得专注了。

"他工作室在哪?"李问道。然后,又补了句,"太太?"

"我想,不如直接告诉警察吧?"博特赖特太太眉头紧锁。

"不妨直接去找他?"罗斯玛丽说着,"反正已经折腾到现在了,总比干等着强吧……"

"我们可能比警察更快呢,"李附和道,"一定会更快的。"

博特赖特太太说道:"直接去找的话,反而会更好。西奥·马什性格反复无常。如果他故意躲起来,不肯见警察,那就没辙了。好在,他认得我。"他们几个人觉得没有人会故意躲起来的,只有博特赖特太太会这么想。她优雅地转过了身。"车库里虽然停着两辆凯迪拉克[1],但六点前都要用的。沃尔特得坐戴尔的车了。汤姆,我们只能用你的车了。"

那个男孩看上去有点慌,好像他妈妈要让他把裤子脱下来,借给流浪汉穿似的。

"太太,我们有车。"公交车司机说道。他的眼眸微闪,对博特赖特太太满是敬畏。"里面还剩半箱汽油。"

"还有个老练的司机。"弗吉尼亚补充道。

"太好了,"博特赖特太太说道,"莫娜,请把那件棕色夹克拿过来,还有包。"

博特赖特太太迅速转过了身。"汤姆,你在家也找一找,看看有没有绿色纸袋,里面装着一个橄榄油瓶。千万别碰里面的东西,那是毒药。杰拉尔丁,6点30分吃晚饭。我可能会晚点回来。戴尔……"

女孩又回来了。

---

[1] 凯迪拉克,美国通用汽车旗下的著名豪华汽车品牌,创始于1902年。

"给你爸爸打个电话,就说我要出去一趟。要是七点我还没回来,就打给教育委员会的科斯特先生。你告诉他,我有事耽搁了。然后,再打给彼得斯太太,向她道个歉,说我可能明早才能拿到清单。"女佣按照博特赖特太太的要求,双手把夹克递给了她。"我们走吧。"博特赖特太太向前门"行进"着,其他五个人零星地尾随在她的身后。

公交车司机坐进驾驶座位,金发女郎紧挨着他。保罗坐在了右前排的位置上。

博特赖特太太让罗斯玛丽先坐在后排的座位上。她转过身对自己的儿子叮嘱道:"让戴尔别给我打电话,我会打回来的。"

"天呐!老妈,让我喘口气吧。"男孩回应着。

他的妈妈终于向自己的儿子挥手告别了。然后,坐进了车里。最后,吉布森先生也上了车,坐在她的身旁。

"怎么走呢?"公交车司机毕恭毕敬地问道。

博特赖特太太告诉他:"从这条林荫大道出去,一直走到公交车终点站。西奥·马什的画室在乡下,那里就像世外桃源一样。我觉得,我应该知道该在哪转弯。如果找不到的话,我们就在岔路口那问一下路人。"

车子在路上行驶着。

"我还真不知道,长得像个画家,并且在终点站下车的那个家伙,会是谁呢？"李问道，"你指的是，艺术类的画家吗？"

"要是他提前下车的话，"博特赖特太太说着，"我们就不知道他要往哪走了。不过，猜来猜去也没什么用。我们得赶紧按照现有的信息去找。"

"是啊，"李回应道，"就得这么做。"

"他的那个画室，还是很质朴的，"博特赖特太太继续说，"他的画画功底也没的说。我只是怕……"

"怕什么？"罗斯玛丽的声音听起来有些疲惫。吉布森先生现在瞅不见她了，因为博特赖特太太坐在中间，挡住了他的视线。

"车上那么多人，如果西奥·马什在公交车上捡到一瓶橄榄油的话……我猜猜看，它是进口的吧？"

"是的。"吉布森先生回答。

"他会把它视作上帝的恩赐，欣然带走。然后，会把这个'恩赐'毫不犹豫地用在宴会或者其他重要的场合。如果是那样的话，损失未免也太大了！"博特赖特太太叹息着，"多么优秀的画家啊，我们可不能失去他！"

"几点了？"罗斯玛丽紧张地问道。

"差一分钟……四点，"保罗回应着，"距离吃晚饭的时间，还早呢。"

"唉，"博特赖特太太说道，"我觉得，但凡西奥·马什饿了，那瓶橄榄油兴许就派上用场了。我怀疑他脑子里没有什么一日三餐的概念。"

"画室离得远吗？"罗斯玛丽哀伤地问着。

"半个小时就能到，"李·科菲信誓旦旦地说道，"我知道那条林荫道！"

公交车司机加速行驶着。车子在蜿蜒的道路上疾驰而过。

博特赖特太太严肃地问道："到底怎么回事？为什么要自杀？"

吉布森先生捂住了自己的双眼。

"就是这个埃塞尔！"罗斯玛丽的情绪激动了起来，"自从她来了之后，哎！我不知道，她到底跟吉布森先生说了什么！她对我做的那些事，太伤我的心了。"

"亲爱的，你是他的妻子吗？"

"是的，我是。"罗斯玛丽在"反抗"着什么，仿佛有人要取代她的位置似的。

"我们的驾驶员就是那辆公交车的司机，对吧？"博特赖特太太继续维持着秩序。对于罗斯玛丽失控的情绪，她也并没有理会。"另一位先生呢？"

"我是他们的邻居，"保罗回应道，"我叫汤森。"

"他是我们的朋友。"罗斯玛丽强装温柔，故作镇定。她竭力维持着优雅的风度。

"西弗森小姐也是公交车上的乘客吗?"博特赖特太太继续问道,"大家还记得'下金蛋的鹅'这个故事吗?"

"嘿!"司机回应道,"记得,我肯定记得。大家都抓好,都跟紧!博特赖特太太,太棒了。"

"但是,埃塞尔又是谁呢?"博特赖特太太转了一下头。她想要弄清楚这一切。

"埃塞尔,"罗斯玛丽心平气和地说,"她是肯尼斯的妹妹。她人不错,是个好人。在我们出车祸之后,她就过来照顾我们……"她突然抬高了音量,"刚刚,我确实不应该这么说她。不过,话又说回来,我才不会……不会领她的情呢。况且,现在也不是感恩的时候。什么恩情啊,统统不算数了。"紧张的气氛已经说明一切。罗斯玛丽开始抽泣起来,"这可真是个大麻烦,现在说什么都晚了。这个艺术家,太让人讨厌了……待在这么远的乡下,中毒了也不能及时送医……"

吉布森先生仿佛能够看到:一间朴素的画室伫立在他们眼前,里面横尸遍布……

"确实很难帮上忙啊,"保罗觉得很可悲,"那玩意见效很快。"

"好了,等我们到了再说吧,"博特赖特太太打断了他们,"现在先别想这些。科菲先生竭尽全力地在和时间赛跑,我们也要做好最充分的准备。"

"时间太久了……"罗斯玛丽抽泣着。此情此景,博特赖特太太——这个对大家都一视同仁的母亲兼指挥官——将罗斯玛丽拥入怀中。她摸着罗斯玛丽的头发。吉布森先生如释重负,他对博特赖特太太充满感激。前排三人"稳如泰山",并没有回头。

"哪怕对她感恩戴德,"公交车司机突然说道,"也没什么用。博特赖特太太,这些事零零碎碎的。我们甚至连事情的一半都还没了解清楚呢。这个埃塞尔——太太,你知道吗?——给罗斯玛丽洗脑,就想让她以为那场车祸是她故意谋害亲夫。你也看到了,吉布森先生现在走路有点跛。为此,可怜的罗斯玛丽也非常内疚。因为当时就是她开的车。实际上,这就是一场纯粹的意外而已……埃塞尔这种人啊,她比你更清楚你的真正动机,明白吧?不过,车祸后,埃塞尔就过来帮忙了,而且她还是小姑子,所以罗斯玛丽觉得不应该生她的气。我猜,罗斯玛丽是不想和小姑子闹掰。可是,有的人如果不挑事,她心里就不舒坦。你说呢?他们就爱干这种事。"

"明白了,我明白了。"博特赖特太太打断了他,要不然他还在喋喋不休。"你之前见过这个小姑子吗?"

"没见过。"罗斯玛丽痛哭流涕地说道。

"让她哭吧,"弗吉尼亚开口了,"罗斯玛丽,痛痛快快地哭出来吧。"

保罗转过头去:"可想而知……她承受了太多……"

"真应该把她的脑袋砍下来。"护士的情绪一下子高涨了起来,"还有吉布森先生的脑袋。"

吉布森先生坐着。他没掉一滴眼泪,只是感到有点惊讶。

"很抱歉……"罗斯玛丽抽泣着,"埃塞尔也不完全是这样。我知道她是什么样的人,这仅仅是她个人的想法而已,她的思维方式就是这样。对于我们来说,也拿她没办法。我知道我是一只小白兔,退一步来说,哪怕不是小白兔,我也想不出什么抗争的办法。我扪心自问……也曾告诉过她……我没有那种想法。但问题恰恰就是,就算我有,我自己也不知道啊!我只会是最后一个知道的!当面对一个可以反驳你一切言辞的人,你该怎样据理力争呢?那个人只会让你觉得,你每次开口的时候,都是在暴露自己内心那可怕的兽性?一旦你坚持己见,她就会认为:啊!你在刻意反驳,所以肯定是在说反话。但凡你声音稍微大点,也就是说,当你理直气壮地觉得自己没错的时候……为什么?为什么声音大,就意味着谎话连篇呢?听起来真让人抓狂,"罗斯玛丽继续说着,"到最后,你也不知道自己说的是真是假了,就连自己都不相信自己了。"

"宿命"——这两个字,可能已经浮现在吉布森先生的脑海了,也可能徘徊在嘴边了。不过,没人在意他说了什么。

李·科菲感到愤愤不平:"我就想知道,到底是谁,教会了埃塞尔读心术？嘿，这样吧。公平起见，不妨给罗斯玛丽和埃塞尔各自的辩解机会，看看罗斯玛丽到底是怎么想的？"

"不行，不要这样，"罗斯玛丽哭着说道，"以后谁都别再提了，没有什么可商量的余地！"

护士显得有些恼火，嘴里也不知道在念叨着什么。司机猛地点了点头，表示赞同。

"所谓感恩戴德，"博特赖特太太一边说着，一边用戴满珠宝的手慢慢抚摸着罗斯玛丽的头发，"就是在别人帮了你之后，的确会感激一段时间。但它就像一团火，你不觉得吗？点亮、燃烧、变暖，一气呵成。不过，要是没有燃料，它终究也会熄灭。"

博特赖特太太滔滔不绝地说着。她嗓音清晰，语速不紧不慢，口才也很好。罗斯玛丽也不怎么抽泣了，默默地听她说着。

"每个人都别被'陈年旧恩'绑架——要辩证来看，要引申来看，"博特赖特太太慷慨激昂地说道，"这世上的孩子,也总会被父母那'陈年'的养育之恩束缚着。殊不知，是先有父母的爱，才有养育之恩。让我想到那些整天怨天怨地的父母。哎，但凡血肉之躯，也都会讨厌他们的。话又说回来，毕竟血浓于水啊。他们的子女看不得旁人说他们的父母半句坏话。悲哀啊！真让人不寒而栗！感恩之心如果要变成'人情债'的话，那就太可怕了——你明白吗？——它会让你滋生出愧疚感，并且你还心不甘、情不愿的。不论对于爱情还是友情来说，两个人如果能互尊互敬、互信互助、携手与共的话，那么感恩之心会带来更多的正能量，他们之间的感情也会更长久。"她停了下来，期待着两位女士能给她鼓个掌。然而，遗憾的是，除了汽车的轰鸣声，她只听到了罗斯玛丽的哽咽："我明白……"

"比如，父母——只能成为孩子的挚友……亲爱的，你们有孩子吗？"博特赖特太太神神秘秘地说着，摆出一副若有所思的样子。

保罗急忙说道："他们结婚……还不到三个月……"

车里鸦雀无声，静得可怕……只有阵阵的轰鸣声。

李·科菲立刻接了话。"是吗？这，我还真不知道呢。"

"新婚燕尔啊。"弗吉尼亚慢吞吞地说着。言语间，还流露出一丝哀伤。

这个重磅消息，打破了他们之前所有的猜测，和之前想的大相径庭。吉布森先生想要大声疾呼。不，你们不会理解。这场婚姻是多么荒唐可笑，又是多么不切实际。我已经55岁，她只有32岁，差了23岁。

不过，他终究什么也没说。

博特赖特太太扭过去，对着吉布森先生说道："罗斯玛丽觉得你妹妹不好相处，她也一直不开心。罗斯玛丽不可能是偷毒药的那个人，对吧？"

"不是她，"他回应着，"她没有偷。"

"那到底是怎么一回事？"

他没有回答。

保罗转了过去。

"你已经闹得鸡犬不宁了，"他说着，"至少，你得稍微考虑一下罗茜的感受吧。还得顾及一下埃塞尔，还有我吧。你得要为他人着想，而不是只想着你自己……"

"他总是为别人着想。"罗斯玛丽有气无力地反驳着。

"但今天，他就没有！"保罗的头猛地转了过去。他的言辞不乏正义，愤怒之情溢于言表。"他的所作所为已然冒犯了上帝！"

"啊……想必，上帝也没有制定'禁止自残'的教规吧……"公交车司机低声说着，"嘿，是这个意思吧？"

"你知道我想说什么。"

"是的，但那也只是我们的文化而已，"公交车司机说道，"就拿日本来说……"

"干吗突然提日本？"保罗显得有点生气。

博特赖特太太总能把话题拉回来，并且还能把道理讲清楚。"我以前在红十字会、教育委员会、联合国鼓励协会、青少年福利委员会、美国政治肃清妇女组织以及教堂，都工作过。的确，我在这些组织里工作，不是为了'他人'。这难道不是属于我自己的世界吗？我在哪里，我的事业就在哪里。"她抑制住了想发表长篇大论的冲动。"这就是'他人'这个词的弊端，"她私下表示，"我一直不喜欢这个词。"

"也不完全是这样吧，"弗吉尼亚厉声说道，"我都是看完一个病人，才看下一个的。"

李·科菲沉思片刻，说道："这种情况倒是很少。有几十亿个'他人'，却只有一个你。哪怕把那些伪君子和假惺惺的人排除在外，你也不可能对剩下所有人都感兴趣吧？"

"说得太对了，"博特赖特太太亲切地回应着，"你只能从你'所在之处'开始……"

"你一旦开始，就会被推着向前了。"弗吉尼亚轻声细语地补充道。

"事情一茬接着一茬。"公交车司机也表示赞同。护士看着他，马上警觉了一下。她歪了歪头。

"博特赖特太太，你自己赚钱吗？"罗斯玛丽突然直起身子。

"当然不赚啊。"博特赖特太太颇为震惊地说道。

"看到了吧，她就像个寄生虫！"罗斯玛丽的情绪显得有些激动。

"嘿！"李·科菲自鸣得意地说着，"我感觉埃塞尔那个老女人才像呢。她是不是说，那些有钱的老头，他们的老婆都是寄生虫？我坚信，她肯定会这么说的。她从来没见过博特赖特太太这样的豪门权贵。这样跟你说吧,她会抹黑所有人。那她是怎么形容像弗吉尼亚这样的金发女郎的呢?你还没跟我说过呢。"

"金发女郎,"罗斯玛丽一字一句地说着,"她们都是一群见钱眼开的蠢货。"

"她们,"李饱含深情地对护士说,"她们可不是这样。所有人都不是,也包括你,亲爱的。还有你的上司,你的病人。"他咯咯地笑了起来,"哎,老兄,这就是埃塞尔的不对了,不是吗?她先是抨击'一些'人,接着是'很多'人,不知不觉已经遍及'所有'人了。"

"埃塞尔太让人讨厌了,"保罗有点儿暴躁,"罗茜,我跟你说……"

"埃塞尔,"博特赖特太太若有所思地说,"看起来倒像是个替罪羊了。"

吉布森先生扭动着身子,他厉声厉色地说道:"是的,你们对我都不错。可我也不知道为什么……我也想弄清楚啊。好吧,是我偷了毒药,我想自杀。可是,我太蠢了,竟然把它落在公交车上了。是我的问题,我的错。确实怪我!我得负全责。"他也知道,他说的都是实话。

经过深思熟虑后,公交车司机突然说道:"是的。你的罪过,从你下车的那一刻就开始了。"

吉布森先生晕头转向地思索着……是啊,就算是我的错,我也有权这样做。并且,我也有能力这样做。如果明令禁止不能这样做,就没有这事了。反之亦然。他的大脑一片混乱。他心想：我搞不明白，我觉得我能搞明白，可我是真搞不明白。

"不论怪谁，也无济于事了，"公交车司机继续说着，"别一直揪着不放。嘿，博特赖特太太，最起码也应该给人留条活路吧？"

"谨记这次过错，"博特赖特太太轻松地说道，"以后别再犯了……要吸取教训。好了，罗斯玛丽，补点妆，涂点口红，拾掇一下吧。马什就经常陷在自己的艺术创作里走不出来，你现在可真像他。"

"我没带口红。"罗斯玛丽抽泣着。

"用我的。"弗吉尼亚贴心地说道。

"精神一点，姑娘们，"公交车司机满脸宠溺地说着，"男士们，也得刮刮胡子喽……"

吉布森先生看到保罗·汤森正摸着自己的下巴。

他所看到的一切让他震惊不已。这六个人，看起来八竿子打不着，竟被这样凑在了一起。他们在路上一边猜测着，一边祈祷着，正朝乡下奔去。难以置信的是，他们竟然还能聊到现在。

吉布森先生咯咯地笑着，笑声很质朴。

"难道你们不觉得吗？"他说道，"这也太神奇了吧。"

没有一个人附和。他能感受到所有人此刻的目光：李看着后视镜，弗吉尼亚和保罗转了过去，博特赖特太太就坐在他的旁边，罗斯玛丽正盯着博特赖特太太。所有人的眼神,好像在说:你在开什么玩笑!

"我们快到了吗?"罗斯玛丽问道。

"没错。"博特赖特太太回应着她。

在经过黄色公交车之前所停靠的马路牙子时,他们发现那辆公交车已经不见了踪影。李轻松愉快地问道:"什么情况,难道我被解雇啦?"大家都默不作声。虽然他很想知道"答案",但没人开口"安慰"。

过了一会儿,博特赖特太太告诉他们:"这是一条土路。从岔路口向右拐,要不了几步就到了。小丘上那栋棕色的木房就是了。"

"我看见房子了,"弗吉尼亚指了指,"快看,是那个吗?在山丘上?"

第十八章

这个低矮的房屋,坐落在高高的山丘上。它看上去有些简陋,破败不堪。前墙还是毛坯状,野草都长到门阶上了。旧砖砌成的小露台也是杂草丛生。几把破旧的红木户外椅子被随意地摆放着。上面的靠垫已经褪色,裂痕斑斑。一只小猫从靠垫上跳了下来,溜进了荒野中。

屋里没有声音,好像没人住。

博特赖特太太火急火燎地敲了敲门。

大门毫无声响地向内开了。一行几人,入眼就看到了一个宽敞的房间。由于北面和南面都是玻璃墙,所以屋内看起来很亮堂,光线也很充足。不过,映入吉布森先生眼帘的是一具尸体。

一个女人——套了条宝蓝色的长裙,躺在没有扶手的沙发上。光线刺眼,他眨巴着眼睛。他看见这个女人坐了起来,只见她那赤裸的躯干还在扭动着。原来,是个活人啊。

一个男人开口说话了。

"玛丽·安妮·博特赖特!怎么想到来我这了?呦!你们是同一家俱乐部的吗?"

女人穿了件宽松的白T恤,肩线处有一些破旧。不过,这看上去倒是和那条金丝绣边的丝绸裙莫名有点搭呢。

"有件要紧事,"博特赖特太太回应着,"要不然,也不会来打扰你的。"

"最好是这样,"这个男人说道,"不过也没关系。正好我累了,也打算休息一下。拉维尼娅,把T恤穿好。"

"已经穿好了。"沙发上的女孩——也或许是个女人吧——答复着。她呆呆地坐着,把脚丫子放了下去,呈内八状,一只脚搭在了另一只脚上面。她眼睛很大,黑溜溜的,看起来像奶牛一样温和。

吉布森先生不再盯着她看了。反而,把目光转向了这个男人。

"西奥·马什,"博特赖特太太言简意赅地把这些人介绍给了他,语气不乏郑重,"这是吉布森太太、西弗森小姐、吉布森先生、汤森先生、科菲先生。"

"你们看起来不像是一家俱乐部的，"画家问道，"你们是谁？我之前肯定在哪里见过你们。"

他又高又瘦，像个稻草人。他穿着粗花呢裤，粉色衬衫，还有件黑色背心。他的头发是纯白色的，应该从来没梳过吧。它看起来跟"原生态"的动物毛发并无二致。他的脸颊干瘦，看上去很精明的样子，他的手上长了很多瘤子。他得有 70 岁了吧。

他的精力还是很充沛的。只见他手舞足蹈地招呼他们进来。他牙齿黄黄的，只有三颗牙齿相对很白。哎呀，看起来有些"违和"。他咧嘴笑的时候，让人觉得他耳朵也是黄白相间。看样子，他肯定没有误食那瓶毒药。

"你有没有见过一个橄榄油瓶？"罗斯玛丽忙问道。

"没有。坐下，"他回应着，"说来听听。"

吉布森先生坐了下来。他感觉疲惫不堪，有点喘不过气。护士和司机也并排坐了下来。保罗仍然站着，只为保持自己的风度。他的眼睛也尽量不去看模特那光着的脚。

博特赖特太太也站着，紧身胸衣把她勒得紧紧的。她简明扼要地给画家说了一下情况。罗斯玛丽在一旁听着，看样子很焦急。她时不时用无声的手势打断太太的话。

不知怎么，西奥·马什也在竭力压制着自己的耐心。他只想快点听完，快点把整件事捋清。

"是的，我那天在公交车上。上午，我从公共图书馆门前的那站上的车。你是司机吗？我当时也没怎么在意你。"

"很少有人在意我。"李耸了耸肩。

"你能帮一下忙吗？"罗斯玛丽不耐烦地打断了他，"马什先生，你见过一个绿色纸袋吗？或者，你有没有看到有谁拿了它呢？"

这位艺术家的目光，从公交车司机转向了罗斯玛丽。他猛然把头歪向右边，估计是想看看她颠倒过来是什么样的。"我有可能看到了，"他淡定地说道，"不过,我看到的东西有点多啊。等会儿再跟你说,现在,我得先把画拿过来。"

博特赖特太太坐上了"王位"。她的动作优雅端庄，仿佛那把椅子就是她的宝座。

"你,虽然愁眉苦脸的,但是脊背的线条柔美得很,"画家说着,"坐下来吧，安生一点吧。我讨厌女人扭来扭去的，只会让我心烦意乱。"

罗斯玛丽坐在了模特边的沙发上，因为那是唯一的空位了。她坐了下来……背部的线条柔美……不过，倒像只老鼠，大气不敢吭一声。

吉布森先生心想：老鼠！呵，我们为什么来这。你我之间，谁又能说谁是无辜的？

他们六个人，加上模特拉维尼娅，都一脸严肃地盯着西奥·马什。

这种氛围压得他不得不"放飞自我"了。他坐不住了，扭动着身子，上下晃动着胳膊，开始手舞足蹈。

"绿，绿……"吉布森先生结结巴巴地说着。

"绿色？"画家讥讽道，"看看窗外。"

吉布森先生看了看窗外，眨了眨眼睛。

"怎么了？"

"那里至少有35种绿色植物。我数过了，还把它们一起画在了帆布上呢。你们说说，那个纸袋究竟是什么颜色？"

"是一种……"吉布森先生有气无力地说着，"——好吧，浅绿色的……"

"他们明明能看见，却视若无睹，"画家感到很痛心，"行吧。"他看起来像支机关枪一样，有着咄咄逼人之势。

"松绿色？"

"不是。"

"黄绿色？查特酒那种颜色？你听说过吗？"

"不，也不是——"

"草绿色？"

"不是。"

"鲜绿色？"

"西奥。"博特赖特太太善意地提醒他。

"我像在炫耀吗?玛丽·安妮?"画家咧嘴一笑。

"是的。"博特赖特太太说道。

"可以了,到此为止,"画家耸了耸肩,"好吧,那就是,灰绿色?"

"差不多。"吉布森先生还在苦苦挣扎,"还有稍微苍白的,颜色暗一些的……"

"说直白一点,它就是个绿色纸袋,"画家亲切地说着,"当然,"他向左踱步,静静站着,看起来宛如一个盲人,"我坐在公交车的左侧,"他说的时候,有点儿心不在焉,"刚开始的时候,我在观察一顶帽子,观察了有十分钟,真像朵花啊!想想西瓜的黑色波浪条纹——有九瓣,像真的一样。好吧,我继续说。然后,我就看见你了……你的眼睛还是很迷人的,但你分不清绿色。"

"我?"吉布森先生发出了一声急促的尖叫。

"我当时觉得这个男人看起来很忧伤,"画家继续说着,"没错,就是你!你左手边有个灰绿色的纸袋。"

吉布森先生的身体开始发抖了。

"我看了你一会儿。你知道,我有多羡慕你的年华,多羡慕你的感伤啊!我暗暗对自己说,这个人的形象真的太鲜活了!"

吉布森先生觉得,他们之间肯定有人疯了!

艺术家的眼皮虽半张半合，双眸却炯炯有神。"我看见你把纸袋放在座位上了。"他的眼皮几乎要合上了，却还在"苦苦"注视着。"你从口袋里拿出了一个黑色小笔记本……"

"我……吗？"

"你又掏出了一支金色圆珠笔，大概13公分。你在写着什么——沉思片刻——继续写……"

"没错！"吉布森先生开始把所有的口袋都翻找了一遍。

"然后，你又沉思了好一会儿。遗憾的是，最后你竟然忘记写了。我就没兴趣看你了。你也知道，确实没什么可看的。我还看到，坐在我前面的前面的那个人，他的一个耳朵没耳垂。"

罗斯玛丽站了起来，走到了吉布森先生旁边。他掏出小笔记本，翻页检查。上面的确有笔迹。他看到了自己在公交车上写下的内容："罗斯玛丽……罗斯玛丽……罗斯玛丽"。只有三个名字而已。其他的也就没什么了。

"想……给你留封信。"他结结巴巴地说着，然后，他抬起了头。

罗斯玛丽的眼神让人捉摸不透……可能有些悲伤吧。她轻轻地摇了摇头，慢慢地坐回了沙发上。拉维尼娅的双脚也换了位置。她把上面的那只换到了下面。

"玛丽·安妮，我也看到你了，"画家说道，"不过，就假装没看见吧。我尽量低调一些。原谅我，我实在不想抛头露面。"

"我当时也瞧见你了，你知道吧。不然，我们也不会找到这了。别担心，现在不需要你'对外营业'。"

"你也要低调行事？"画家叹了口气，"就像在夜间行船那样吗？我真自负，不是吗？好了，让我们看看，看看吧。"

"纸袋吗？"罗斯玛丽追问道。

"好了，安静点，"画家转了转眼珠子，"啊，对，还有你。你有张心形的脸。我也看见你了。"

"我吗？"弗吉尼亚问道。

"坐在右侧，比较靠前的位置？"

"是的。"

"你的美眸可以看向你喜欢的东西了。"画家俏皮地说着。

弗吉尼亚的脸现在变得红扑扑的。李·科菲竖起耳朵听着。

"我不确定他有没有在偷窥你。可能在后视镜里？"画家的眼神转到了司机那里，"是吧？"

"我！"司机看起来很生气，接着他又冷静下来，"我？"

"西奥，"博特赖特太太厉声说道，"你又开始卖弄了，别像个捣蛋鬼一样。"

"我不想让她尴尬，"公交车司机的语气有些生硬，"别跑题，接着说毒药。"

画家拍了拍手。

"别介意，"他有点儿烦躁，"这都是我看到的，没办法。"在双方还没有确认过眼神的情况下，公交车司机不知不觉地拉起了护士的手。画家的双手背在后面，瘦削的肋骨也拱了起来。他踮起脚尖，摇摇晃晃地走着。"那只耳朵……"

"谁的耳朵？"罗斯玛丽急切地问道。

"不知道是谁的。我只顾看那只耳朵了，我们可以登个报。等一等……玛丽·安妮说没说，你叫吉布森？"

"说了。"

"然后，就会有人来找你了。"

"他们会来吗？为什么会来呢？"吉布森先生说道，"噢，会来的，一定会来的！有人喊了我两次。一次是在等车的时候，还有一次是在下车的时候。估计有人认出我了。"吉布森先生突然来了兴致。

"肯尼斯，是谁？是谁？"

他摇了摇头。"我……不知道，"他感到很惭愧，"我没注意。"

"他下车了。"画家用力点了点头。他看起来像只雄火鸡，下巴上的垂肉正在晃动着。

"他下去了，我看见了。"

"那你看到是谁在喊他了吗?"罗斯玛丽质问道。

画家看样子不抱什么希望了。

"真是的,"他有点懊恼,"我眼力很好的。噢,我只是听到了而已,也没看说话者长什么样。谁会想到,竟还有这层关系?不过……"他故作玄虚,吊足了所有人的胃口,"如果我没记错的话,我知道谁捡了那个纸袋。"

"谁?!"

他们像爆米花一样纷纷炸开了锅。

"一个年轻的女士,小姑娘而已,长得还是很可爱的,"画家继续说道,"我还瞅见了她的脸。我确定她捡了那个浅绿色的纸袋子,带着一起下了车。没错。"

"什么时候?"

"就在他刚刚下车之后。然后,我又继续看那只耳朵了。"

"她是谁?"

画家耸了耸肩。

"我只记得她长什么样,"他说道,"不过,得见到她本人才能确定。至于名字,或者其他关于她的什么标签,我一概不知。"

"她在哪下的车?"

"噢,过了几个街区之后……"距离对画家来说没什么概念。

"她是……黑色的?"保罗·汤森的神色颇为紧张。

"我猜……你是想说……她的头发是纯天然的黑色?是啊。"

"珍妮!"保罗喊出了声,"天呐,上帝啊,有可能是珍妮。电话在哪?"

"这没有电话,"博特赖特太太问道,"珍妮是谁?"

保罗不知怎么便走到了中间。他高大魁梧,看起来很是恼火。他瞪着在座的每一个人,像一头愤怒的狮子。

"保罗,你为什么觉得是珍妮?"罗斯玛丽问道。

"那个时间,恰巧她有音乐课。音乐老师正好住在那条林荫道上,她得在那上下车。珍妮也认识吉布森,所以会喊他的。等他下车了,她可能会坐在他那的。珍妮……"保罗脸上那精致的五官马上要拧在一起了。

"珍妮是谁?"画家很好奇。

"我女儿!我女儿!"保罗开始大喊大叫起来。

"可要是珍妮看见了他……"罗斯玛丽皱了皱眉,陷入了沉思。

"她怎么知道他在哪坐呢?她怎么知道是他呢?"保罗被愤怒冲昏了头脑,言语间,有点儿语无伦次了。"谁落下的毒药?可能,她……噢,不!"保罗抱怨着,"珍妮一点也不傻,她很聪明,你们也都见过。"他可怜巴巴地祈祷着,"我还是得往家里打个电话,不知道母亲有没有事？不,不会的,上帝啊……我得找个电话。你刚刚说她很漂亮,是吗？"

"她很可爱,"画家直勾勾地盯着他,"可爱和漂亮,这不是一回事。"

"珍妮就很可爱。这就是一回事！我要走了。"保罗俨然已经魂不守舍了。"我母亲晚饭吃得很早,珍妮这会就已经准备好晚饭了,都快五点了,我得赶紧打电话问问。要是母亲误食了毒药,该怎么办啊？"

"母亲？"博特赖特太太眉头紧锁,向吉布森夫妇望去。

"就是他的岳母,"罗斯玛丽毕恭毕敬地说着,"这个老太太……有点儿跛脚……"

"她虽然上了年纪,但懂的东西还真不少。"保罗现在挺烦躁的,大家也都能看得出来。

"一直以来,她任劳任怨地照顾着我们父女俩。至于具体情况有机会再说吧。老太太对我们真的不错,上帝都很偏爱她……整个家都靠她。在弗朗西斯去世的那段时间,要是没有她,我也活不下去……听我说,真的很抱歉,我必须得走了。还有……对了,我的车。"

"马什先生,"罗斯玛丽突然冒出一句,"捡到纸袋子的那个人,真的是他女儿吗？"

"很有可能吧,"西奥·马什说道,"跟他长得倒是不像。"

"珍妮跟她妈妈长得很像,"保罗大声喊道,"跟我一点也不像。听着,我可以把你们都捎回城里。现在,我得走了。"

"我来开车吧,"李·科菲瞬间对他产生了共情,"你心情不太好。还是我来开吧——开快点,可以吗?"他看向了所有人。

"岔路口有电话亭吗?"保罗问道。

"有的。"弗吉尼亚回应道。此刻,李仍旧握着她的手。

"是有一个,"西奥·马什也附和着,"拉维尼娅,就在加油站那。"只见那个穿着"奇装异服"的模特站了起来。剩下的几个人,也一窝蜂地涌到了门口。

"等等我们。"画家说着。

"你们也去吗?"公交车司机好奇地问道。

"那当然了,我们也去。在你们看来,难道我就那么不想亲眼见证这一切吗?我可不愿错过任何细节。快点,拉维尼娅,让她在岔路口下车就行,她爸爸开了一个加油站。"

一群人向车子走了过去。这种场面,让吉布森先生大为震撼。

李、弗吉尼亚以及保罗,仍然坐在前面。体格丰满的博特赖特太太"扎扎实实"地占据了正中间的位置。左边的位置——拉维尼娅坐在了西奥·马什腿上。右边的位置——罗斯玛丽坐在了吉布森先生腿上,他的手搂住了她。罗斯玛丽压得吉布森先生喘不过气来。他快要托不住她了。最终,她还是"跌落"在了一处暖心愉悦的港湾——博特赖特太太那舒适、温暖又坚实的怀里。

车子飞快地驶下了山。在刹车的瞬间,每个人都跟跄了一下。保罗下了车,直接去打电话了。拉维尼娅光着脚丫子,踢着自己的蓝色长裙,笨拙地下了车。吉布森先生听到她说了句:"嗨,帕乌。"

"拉维尼娅,你最好还是套条裤子吧,"一个男人冷冷地对她说,"还得再穿双鞋。五分钟前,妈妈就想开饭了。我现在都饿得前胸贴后背了。"

保罗大声喊着:"一直占线!"

吉布森先生也听到了他的叫喊声。哎,真是太糟糕了。

西奥·马什吼了过去:"看这啊,正在打电话的那个家伙。让拉维尼娅去打电话吧,她肯定没问题。我保证!"他靠在车门上,挥着他那瘦长的胳膊。

"别紧张,拉维尼娅。"那位只闻其声、不见其人的父亲,有点沾沾自喜,"怎么了?"

"让她一直在这打电话,我们开车去找。"画家大声喊道。

"我会叮嘱他们,"拉维尼娅回应着,"让他们别碰橄榄油。我还会告知他们,你们已经在路上了。"

"别紧张,尽量言简意赅。"加油站的那个男人语气有点儿伤感。言语间,还打了个寒战。吉布森先生虽然看不到他的身影,但至少也能猜得八九不离十了。

"好的,就这样做吧。"保罗的声音有些沙哑,"我不能待在这。"

同样的号码,他拨了三次。拉维尼娅只拨了一次。接着,保罗回到了车里。

"走吧,李。"弗吉尼亚对公交车司机说道。

"我们走咯,"画家开心地喊着,"再见,拉维尼娅。你真是个好姑娘。"他还告诉他们,"她有着令人艳羡的艺术天赋。"

"是吗?"罗斯玛丽气喘吁吁地问着。汽车摇摇晃晃地行驶着,吉布森先生紧紧地拥着她。

罗斯玛丽试图打量博特赖特太太:"是啊,马什先生。作为一名艺术家,你住的那个地方,倒是远离世俗。"她的声音很甜美,却带有一种探究的语气。

"去他的远离世俗,"这位艺术家看起来很恼火,"谁跟你说的?"两个人隔着博特赖特太太在说话。博特赖特太太也识趣地向后缩了一下。"我半分钟观察到的东西,比你们任何一个人一天见到的都多,"这位艺术家有点语无伦次,"当然,这还不是在开车的时候呢,我……"

"因为你眼神好?"吉布森先生猛地插了句话。

"对啊,"西奥没好气地回应着,"谢谢你,吉布森,还是你会说话。"这位艺术家不再开口了。吉布森先生感觉自己打赢了这一仗。

公交车司机扭过头去:"嘿,这是怎么了?"

"他的慧眼,见多识广,"吉布森先生解释着,"至于,那只耳朵,迟早会翻船的。"

"我敢打赌,肯定会的。"罗斯玛丽一如既往地咯咯笑着。吉布森先生也乐得不行。他偷偷将脸贴在她的衣袖上憋笑。虽然自己还是个罪人,内心却欢愉得很呢。

"这个吉布森,真是个机灵鬼,"公交车司机对着金发女郎说,"他的四肢肯定也很灵活,是吧?"

"好好开你的车吧。"保罗焦虑不安地说着。

弗吉尼亚安慰道:"他正开着呢,开得好着呢。"

"保罗,别担心,"罗斯玛丽笑着对他说道,"珍妮挺聪明的。"

"我知道。"保罗扭过头去,疲惫不堪地看着他们。他把自己的两只手掌放在了头发上。他没有抱头,只是轻轻地摸了摸。而后,他又扭了回去。

"其他人我已经了解得差不多了,唯独保罗。"画家放低了声调,"他当时不在公交车上吧。"

"保罗是吉布森夫妇的邻居,"博特赖特太太回应着,"这个车也是人家的。你也知道的,我们本打算让警察去你那的。"

画家对后排的人小声说道:"我非常怀疑,捡到纸袋的人就是他女儿。好在,她天资聪慧。他却……"后面的话听得不太清,他大致想说"小题大做"。

"保罗,除了长相帅气,心地还很善良呢。"罗斯玛丽快要昏昏欲睡了。

"容颜易逝,"马什回应着,"不是吗?"

车子加速前进。罗斯玛丽的胳膊搂着吉布森先生的脖子,她搂得特别紧。"怎么说呢,他很中规中矩,"她轻声地说着,"人也很好,只是……也不可能每个人都像你一样有趣吧。"她倚在吉布森先生的怀里,直勾勾地看着画家。

"噢,哈哈。我确实很有趣呀。"西奥·马什说道。

吉布森先生嫉妒得要命。这个自负的老家伙至少也有70岁了吧。

"我对其他东西也非常感兴趣。当然,这是一回事。说说吧,那个叫什么吉布森的,当初为什么想自杀?"西奥·马什问道,"因为钱吗?"

"怎么可能!"罗斯玛丽发出了尖叫。

"怎么不可能?"艺术家反驳道,"我很在意钱这个东西。没骗你,我就是个精明的资本家。对吧,玛丽·安妮?"

"你就是个水蛭,是个吸血鬼。"博特赖特太太面不改色地回应着。

"其实,谈钱是个严肃的话题。"西奥噘了噘嘴,好像没人真心愿意谈这个话题,"我现在谈,应该毫无违和感吧。难道,他破产了?"

"没有。"罗斯玛丽言简意赅地答道。

李·科菲的耳朵很敏锐,他听到了后排的聊天。然后,他插了句话:"某种程度上,也算是吧……"

"我就说嘛,"西奥·马什显得有些傲慢,"他肯定是摊上什么事了。我就想知道,究竟是什么事,仅此而已。"

"他不说,"博特赖特太太应和道,"可能是,他难以……"

"说啊,他可以说啊,红口白牙的,"西奥·马什回应着,"我洗耳恭听。我太想知道了。"

"噢,是吗?"吉布森先生看起来凶神恶煞的样子。他能感觉到罗斯玛丽已经绷紧了神经。

"我猜猜看?"她说道。一方面,她觉得自己英勇无畏;另一方面,又感到恐惧不安。"十个星期前,我俩结婚了……为了,为了拯救我。你也知道,他喜欢救助流浪儿,救助无家可归者,这是他的爱好。可是,等我病情好转了……他没有离我而去,还在陪伴着我。"

"什么意思?"吉布森先生暴跳如雷,他大叫了起来,用双臂把她拥入怀中,生怕她会摔下去一样。

"不,不是这样的!"

"好吧,然后呢?"她的身体颤抖着,"肯尼斯,我不知道你这么做的动机是什么?我只能猜……埃塞尔跟你说了什么?"她身体往前倾了倾,想要挣脱他。此刻,她的双手搭上了前座,脸贴在了前臂上。"恐怕——和我有关吧!"吉布森先生的心在滴血。

"我们还是一头雾水,"李可怜巴巴地向后排望去,"还是不知道,究竟是什么事能把他刺激成这样。"

弗吉尼亚说道:"我觉得你还是跟我们说说吧。我们相处得也不错嘛。所以,就别绕弯子了。"

她的脸娇小可人,宛如从后排"地平线"升起的一轮明月。她伸出手,摸了摸罗斯玛丽的头发。她还是很心疼罗斯玛丽的。

"和我们说说吧,也未必是坏事。"

博特赖特太太看上去自信满满:"他会说的,给他点时间。"

保罗提醒司机:"你可以从阿普比大街抄近道。"

"我知道怎么走,"李回应着,"拉维尼娅应该已经联系上他们了。"

"拉维尼娅!"保罗吼道,"就是那个衣衫不整的女孩!"他实在不敢想象,一个没穿衣服的人能有多可靠?

马什看上去很是得意。他扯着他那尖锐的嗓音说道:"我猜,吉布森有自己的爱好——他喜欢一个人神神秘秘地潜神默思。他是不是要守着自己的秘密直到永远呢?噢,糟了!我们可能会叨扰他的'雅致'。"

"别这样说他!"罗斯玛丽挺直了身子,冲他喊道,"你跟埃塞尔一样!"

一瞬间,每个人都七嘴八舌地说了起来。他们纷纷告诉画家,埃塞尔是谁。

"她就是个业余的,"画家叹息着说道。他的一只脚抵着前面的座位，黄色的袜子露了出来，"我真鄙视这些外行货色！这些业余的跳梁小丑！这些挂羊头卖狗肉的批判家！"他长吁了一声，"这些业余的心理学家最让人讨厌。他们挑了本25美分的杂志，随便略读一篇短文……就自以为能出师了。然后，就开始诊断左邻右舍、亲朋好友身体里的'奥妙'了。就连精密仪器都'无能为力'的东西，他们竟能凭着自己那双肥得不能再肥、笨得不能再笨的手'化腐朽为神奇'。什么打破了，什么撕碎了，全都不在话下。这些外行人干的事真是害人不浅。我恨不得把他们千刀万剐！"

吉布森先生有点愤怒。

"不，"他辩解道，"不是这样的。好了，请别误会埃塞尔。我想让你知道，这只是……可能是埃塞尔想让我看到的……我命该如此。"

实际上，他已经告诉他们"原因"了。

"命？"博特赖特太太鼓励他说下去。

"我们也无能为力，"他郑重其事地说着，"这单单就是命啊。它……好吧，让我有点措手不及。要知道……我的意思是，要相信，要承认这个事实——所谓自由的选择，无非就是痴人说梦罢了。我们任由未知的事物摆弄着。我们不能自救，我们不能救别人，别人也救不了我们……"

大家都沉默了。他继续往下说着。

"我们就像个傻瓜,就像个木偶。我们想要做什么,冥冥之中早就定好了。就像炸弹……比如……它一定会落下,人类的本性就是……"

"胡说八道,"画家发出一阵叹息,"这鬼话早就没人信了!吉布森——那你来预测一下我的未来,我谅你也不敢!你觉得,你自己信那些老掉牙的鬼话吗?"他气急败坏地说着。

罗斯玛丽却附和道:"我深有体会,我也是这样想的。"

刹那间,除了保罗以外,车里的人都在议论着。

公交车司机的声音仿佛要冲破车顶了。

"看吧!"他扯着嗓子喊道,"你不能站在你的立场说什么预测未来!我早就跟你说过了,以后的事都是说不准的!在这个波澜壮阔、纷繁复杂的宇宙中……"

"如果预测不了的话,会出什么岔子呢?"不知怎么,吉布森先生执意要捍卫自己的立场,"有个专家……"

"不是,不是这样的!我们可能什么也不懂,"护士喊道,"但是,那些专家未必是这样啊。他们知道我们在预测着什么,也知道我们会预测得越来越准的。他们也在努力证实我们的这些预测。你必须相信这点,吉布森先生。"

突然间,吉布森先生受到了某种触动。他的心怦怦直跳,仿佛有东西已经进入体内,正在触碰着他。

博特赖特太太清了清嗓子。"这是人类齐心协力的结果。"她补充道。

"玛丽·安妮,这不是家长会,"艺术家严肃地说道,"这有个聪明的男子,让我来会会他。"

他用力向前倾了倾,几乎快要挨到前排座背了。他目不转睛地盯着吉布森先生,他生硬地蜷伏着身子,看起来如蟋蟀一般:"听着,吉布森,就拿穴居人来说吧。"

"好的,"吉布森先生很无奈,心情也五味杂陈,"我在听着呢。"

"难道他能预见得了后人会飞越北极,到欧洲去吗?"

"当然不能。"

"所以……你怎么能像穴居人那样,那么没有远见呢?"

"没有远见?"

"是啊。你只是根据已知事物在预测未来,不过就是在拖延旧日的时间线罢了。你有没有想过,世界上其实还有很多意外发生。"

"对!"公交车司机附和着,"说得太对了!"

"每一次巨大的飞跃都是一种意外的发现,"艺术家开始了他的长篇大论,"旧事物也会不断地被淘汰掉。青霉素也好,原子分裂也罢,以前的人谁能想到未来会有这些?"

"事实就是如此,"弗吉尼亚喊道,"轮胎、电视,不也是这样吗?谁知道未来会发生什么?"弗吉尼亚抑制不住自己的兴奋,"它可能朝着我们根本预想不到的方向前进……"

"好孩子，"西奥·马什问道，"你以前做过模特相关的工作吗？"

"精神世界也是如此，"博特赖特太太用低沉的声音说着，"心灵世界也一样。人类现在的理想抱负，古人做梦也想不到。你根本否认不了这个事实。你觉得穴居人懂什么叫'红十字会'吗？"

"还有，他们懂什么叫'动物保护协会'吗？"公交车司机应和着，"这个词，难道指的是'他和他的剑齿虎玩伴'吗？所谓命——都是一派胡言。一旦你相信宿命论，你在行动中也会'言行合一'的。我想跟你说的是，你得试着向前迈一步。我们现在说说炸弹……"

"所以说，炸弹也不一定会落下，"罗斯玛丽举起了双拳，看样子欢喜得很，"因为，人们在黎明之前有可能会找到新的转机。谁知道呢？埃塞尔肯定也不知道！埃塞尔也——"

"我估摸着，你就是太死板了，"画家说道，"死人才死板呢——死后身体都僵直了。睁大眼睛看看吧，你会大吃一惊的！"这一直是他的信条。吉布森先生赶紧松了松眼周的肌肉。

"不论你坐在那，再怎么预测，炸弹总会掉下来的，"司机说道，"这样说有点武断，可能也不完全是这样。不过，我们得承认，任何人都预料不到自己的命运走向！这就相当于我们可以回头看看五十年前的态势，却不能仰脸观望未来五十年的样子。所谓现状，总是能起到预警的作用,也能够起到未雨绸缪的效果,它本该如此。说实话,事物变化的趋势就如薄雾一般——悄然而至,不易被察觉。"

"是的,"艺术家大声吼道,"你甚至都察觉不到自己家乡的变化。"

"人们也可以互帮互助呢。"罗斯玛丽依然坐在吉布森先生的腿上。她扭头过去,面对面看着吉布森先生。

"我就是活生生的例子。肯尼斯,你帮我,也只是因为你想帮而已,没别的原因。"

"大家也都是这个看法,"画家说道(也可能,他说的是"大家的眼睛都是这个看法"),"吉布森先生,现在你无话可说了吧,心服口服了吧。你压根没必要自杀。从逻辑上来说,在那个愚蠢的预言里,在那个老掉牙的预言里……也不会再让你自杀了。"

画家靠在椅背上,得意地跷起了二郎腿。

公交车司机产生了质疑:"但是,逻辑……"

护士突然把前额靠在了他的胳膊上。

博特赖特太太坚定地说道:"你要是意识到错了,现在改的话,还来得及。这是通向'进步'的唯一路径。"

大家都在等待着。

吉布森先生那翻涌的思绪终于平复了下来。它看起来就像根羽毛一样——阴阴郁郁地缓缓落下。

"但是，我犯的这个错，"他轻声说着，"很可能会让人丢掉性命。"

保罗脱口而出："不论母亲，还是珍妮，其中任何一个要出了事的话，我永远都不会原谅你。"

"别说'永远'。"弗吉尼亚抬起头，温柔地对他说。

"'永远'，并不科学，对吧？"公交车司机说完后，身体向前倾了一下。他吻了吻她的耳朵。

司机抄近路驶出了林荫大道。

车里鸦雀无声，激烈的争论也告一段落。毒药的问题，依然悬而未决。到现在都还没有任何线索。

如果错误中有教训，责备中有责任，无知中有希望——生活中有惊喜，宿命中有转机——要是从未触碰过这个死亡之瓶……他愚不可及地倒在了橄榄油瓶子里……可惜，没有如果。

第十九章

吉布森先生的妻子坐在他的腿上。他抱着她,心情苦乐参半。"罗斯玛丽,"突然间,像耳语一般,他轻声喊道,"你明明把针扎进了手指……为什么却不承认呢?"

"为什么呢?"她的脸变得柔和了许多,她也不再去想那些痛苦的过往了。"我只是不想让埃塞尔知道……"她呼了口气,气流在她的额头上打转。

"小可爱,知道什么?"

她挪了挪身子,低头看着他:"知道我有多爱我们这个家,知道我的——感情。这些,她根本不会理解的。在我看来,虽然我会意气用事,但我压根都没想过要离开这个家。"

吉布森先生紧紧闭上了双眼。

"但是，肯尼斯，你却想要离开这个家，"她小声对他说道，她的嘴唇碰到了他的头发，"自从车祸以后，埃塞尔和你说了什么？"

他把脸埋进了她的胸口。

"我想，你可能听信了她的话——关于我在努力摆脱咱俩之间的这场'交易'。即便如此，你还是一如既往地对我好。我根本看不出来你有何变化。"她继续说道。

"那就是个意外而已，"他喃喃低语道，"小可爱，我跟你说过……"

"我跟你说过一些话……你好像不怎么信，"她说道，"她是你妹妹，你理应尊重她。我觉得，你也得信任她。不过，刚才你说你不记得她跟你说的那些话了——我恐怕……她让我感到莫名其妙。"

保罗大声说着："向右转，在这儿。对！走第三车道。"

保罗的脑子里也就只剩这件事了吧。当别人焦虑不安的时候，保罗却让大家"别紧张"；当别人不紧张了，他又开始制造紧张氛围了。保罗——还是太年轻了——尽管表面上彬彬有礼，但实则还是个易怒的小孩。

"我猜，埃塞尔这会儿也回来了。"罗斯玛丽深吸一口气。

她挪了挪身子，同时也拉长了两人的距离。车子停了下来。吉布森先生睁开眼,看见了左侧房子的屋顶,屋顶上爬满了藤蔓,很有家的味道。他没有家了……再也没有了。他很悲观,也很绝望。他百思不得其解,感觉自己在劫难逃。

他的心情很沉重。他一瘸一拐地走到了保罗家门口的露台。

珍妮·汤森活泼开朗,看上去皮实得很。她给他们开了门。

"哎,你们找到了吗?"她急切地喊着。

"应该不是她捡到的,"西奥·马什的嗓音有些嘶哑,"我觉得不是她。"

保罗紧紧抱住了她。

"宝贝,我担心死了,"他气喘吁吁地说道,"我还以为,你也上了那辆公交车……我害怕你误食了那瓶毒药。"

"哎呀,天呐,老爸!"珍妮火冒三丈。她扭动着身子,从他的怀里挣脱开来。"在你眼中,我得有多笨呀?"

"我去看看母亲怎么样了?"保罗松开了她,朝屋内走去。

很显然,毒药不在保罗家。珍妮看着大家,一瞬间,台阶上的六个人都怏怏不乐了。

"你们不进来吗?"她怒气冲冲地问道。说不清是出于礼貌,还是真的生气了。

"拉维尼娅来过电话吗?"李·科菲问道,"嘿,珍妮?"

他对所有人——不论是年长的人，还是幼小的珍妮——都一视同仁。

"有个人打来电话。电话那头是拉维尼娅吗？我们已经知道了。收音机里已经播报了。"珍妮向后甩了甩她的短发。她穿了条红色短裙，一件白衬衫，脚上是双菱格小红鞋。

"我走到信箱那的时候——噢，有一会儿了——在吉布森小姐的收音机里听到的。所以，我也打开了我家的收音机。"她看起来傲慢极了，好像已经对世界上所有事情都了如指掌。

吉布森先生看着罗斯玛丽。她也望向了他。

"埃塞尔也知道了。"他低声说道。他看不到任何希望了。罗斯玛丽挪了挪身子，终于贴到了他的肩膀。

"其实,我觉得吧,她也许不知道这件事跟你有关。"珍妮说道。然后,朝屋内走去。

"因为收音机里也没提你的名字。倒是外婆已经猜得八九不离十了。"

"那你有没有跑过去告诉埃塞尔，或者有没有找她商量一下？"公交车司机好奇地问着。

"没有。"珍妮好像遇上了什么麻烦。不过，她也没找借口为自己辩解一番。显然，她没有和埃塞尔·吉布森说起这件事："你们不进来坐坐吗？"

他们全都进了屋。

保罗也在客厅，他跪坐在派恩老太太的椅子旁。他那英俊的头颅也低了下去，这姿势对他而言有点奇怪……不仅有些浮夸，而且还陈腐得很。

派恩太太仿佛在劝慰一个小孩子："保罗，亲爱的，你完全不用担心珍妮，也不用担心我……"

保罗回应道："你永远不会知道……"听声音倒像是个大腕儿。

珍妮两眼冒火："为什么你觉得我会吃捡来的东西，或者会把捡来的东西给外婆吃呢？在你眼中，我是三岁小孩儿吗？爸爸，你得如实回答！"

保罗仍然跪坐在那。

派恩太太朝他们笑了笑。她的笑容能够给吉布森先生带来希望。

"很高兴见到你，"老太太开口说道，"上次见面之后，我就一直为你祈祷。"

吉布森先生朝她走了过去。他握住了老太太那纤细干瘪的手，那双手很有力量。他想要感谢派恩太太为他做的祈祷，但是又感觉怪怪的，就像在教堂里有人拍手称快似的。

不管怎么说，吉布森先生还是把派恩太太——对他而言，这个彻头彻尾的陌生人,看作了这个家的向心力。

"听我说,打扰一下,"西奥·马什仿佛在洽谈商务合作,"你对做模特感兴趣吗?"派恩太太诧异极了。

"我是海伦·派恩,"老太太的话里夹杂着怒气,"先生,你是哪位?"

"西奥·马什,一个谦逊的画家,"西奥像个小丑,他继续解释,"我一直在寻找美丽的面孔。"

"谦逊?真的吗?"公交车司机低声调侃道,"我叫李·科菲。我是开公交车的。"

"我叫弗吉尼亚·西弗森。我是公交车上的乘客。"

"我是沃尔特·博特赖特太太。"她就说了这些,好像已经足够了。博特赖特太太站在那儿,宛如今晚的演讲者一般,她正在脑中组织语言。

罗斯玛丽突然对着西奥·马什说:"要是你当时看到的不是珍妮……那我们就不知道……"

"确实不是珍妮。"艺术家回应道。他歪着头,眼眸中好像看见派恩太太颠倒过来的样子。

吉布森先生的眼睛瞪得老大。他又看了看老太太的面容,她的眼睛甜美可人,下巴也精致小巧。派恩太太确实很漂亮,长得比珍妮还要标致。

"是谁？到底是谁？"罗斯玛丽哀求着。

"我还是得相信警察的办事能力。"博特赖特太太坚定地说着。此刻的她宛如女王一般。罗斯玛丽盯着她看了看，然后跑到了电话旁。

保罗从恍惚中回过神来。他刚才不知是在祈祷，还是在想其他什么事。

"关于事情的走向，你怎么这么清楚啊？"他看着自己的岳母，眼神中满是崇拜。

老太太冷静地对他说道："在听到罗斯玛丽大喊大叫的时候，我就知道事情不妙了。珍妮一打开收音机，我就猜到了是谁落下的瓶子。你也知道，就在刚刚，我还看到他愁眉苦脸的样子……遗憾的是，我却帮不上什么忙。"

"派恩太太，"吉布森先生看起来很冲动的样子，"你的猜测，已经不可能'兑现'了。我偏离了既定轨道。现在，新的麻烦摆在眼前。我确实弄丢了那瓶毒药。"

"到现在还没找到？"她看起来满脸忧愁的样子。

"还没有。"这两个人对视着看了看。他还是觉得自己有罪。她对他的怜悯之心，他也全盘接受。

"我们都得祈祷。"派恩太太说道。

"麻烦？"刹那间，公交车司机看向了弗吉尼亚，"什么麻烦？逻辑上怎么说得通？我们还没找到那个——"

弗吉尼亚想让他消停一会儿。

罗斯玛丽对着电话哭了起来："没有消息？一点消息都没有吗？"

她挂了电话，朝着大家走了过来。

"没有消息，什么消息都没有。"她摆了摆手，遗憾地说道。

"没有消息，就是好消息！"保罗宽慰道。

他们中的几个人，你看着我，我看着你。

"哎，进入死胡同了？"公交车司机说道，"编个玫瑰花环[1]，施展不起来！"

司机浑身都是劲儿，却"无任何用武之地"。

"想一想！"弗吉尼亚大声疾呼，"大家都努力想一想。博特赖特太太，你也想一想啊。"

小护士闭上了眼睛。博特赖特太太也闭上眼睛，但嘴唇还蠕动着。吉布森先生感觉沃尔特·博特赖特太太为了他正在和天上的神灵"讨价还价"。

---

1 《编玫瑰花环》是英国著名的儿歌。关于儿歌的来源，大致有两种说法：其一，儿歌来自一种转圈游戏，其主要元素来自一种"模拟舞会的游戏"，它流行于18世纪美国和英国的新教社区中，在那里跳舞是被禁止的；其二，儿歌与1664年的伦敦大瘟疫有关。玫瑰花环是皮肤损害、感染瘟疫的初期症状。玫瑰花束象征感染瘟疫的宿命。

他们的确进入死胡同了。哪怕再有才华,也施展不开喽。

吉布森先生颤颤巍巍地站了起来,是时候该他"接手"了。他铿锵有力地说:"感谢你们辛勤的付出。你们所做的一切,对我帮助很大。好了,你们去忙自己的事吧。我的感激之情——我的爱,将与你们同行。"他提高了声调,"我想,说到底……上帝也帮不了我了。"(他想知道,这难道就是命吗?)"罗斯玛丽,咱们穿过草坪,回家找埃塞尔吧。"这是他的职责所在。

"好的。"罗斯玛丽附和着。她看起来有些忧郁。

"埃塞尔就在附近?"西奥·马什露出了狡黠的神情。

"西奥。"博特赖特太太喊了一嘴,以示警告。

保罗·汤森也缓过神来,开始招呼客人了。

"要不然先喝点小酒吧。"他热情地招呼大家,也是为了避免冷场,"我觉得,大家多多少少都喝点吧。别担心,吉布森……"

"好啦,好啦,"公交车司机说道,"大家,各取所需吧。这样的话,骡马才能一直跑嘛。"他轻轻咬了下拇指的指甲。

"哎呀,把你们都拖到这来,最后还白忙活一场。"保罗看上去像个小孩一样在忏悔着。

"我少喝点吧,也不影响什么,"李说着,"弗吉尼亚也要一瓶。"

西奥·马什坐在桌边,宛如一只叽叽喳喳的小鸟。"仿佛置身于八月的沙漠,饥渴难耐!现在怎么办?"他屈了屈自己的指关节。

博特赖特太太说着:"我们似乎都没什么'章法'可言。"她在"指挥"着大家。"我需要给家里打个电话,让他们派辆车过来。然后,把你们一个个都送回去。保罗,现在我得先喝点淡酒,谢谢你。与此同时,我们还可以再捋捋思路,再想想办法。"博特赖特太太怎可轻易向命运低头呢?

珍妮说道:"爸爸,我帮你拿酒。"

公交车司机开始跟派恩太太讲起了他们的"寻毒历险记"。

说来也奇怪,现在的场景倒像是一场派对。派对中的人可以畅所欲言,不用在乎什么礼节。

吉布森先生坐在沙发上。他挨着罗斯玛丽坐着,内心还在提醒着自己:我是个罪犯——在某个地点,某个人由于误食了毒药而一命呜呼,或者已经危在旦夕。

小珍妮似乎也融进了这个无拘无束的派对中。她端着盘子,对吉布森夫妇说:"很抱歉,我刚刚失礼了,因为爸爸不应该不相信我的。天呐!大多数时间,爸爸都太依赖我了。"

"亲爱的,他很爱你,"罗斯玛丽回应着,"他也很爱你的外婆。"

"他对外婆绝对言听计从,"珍妮不耐烦地说着,"我真希望他快点结婚。"

"你真是这样想的吗?"罗斯玛丽的声音有些尖锐。

"当然啊,我们都这么想的。是吧,外婆?"

"你是说,希望保罗结婚?"派恩太太叹了口气,"可惜没有合适的人选。"

"瞧瞧,我现在开心得很。"保罗递来了几瓶酒水。

罗斯玛丽向前倾了倾,试探性地问道:"可是,派恩太太啊,珍妮难道不会讨厌后妈吗?十几岁的女孩基本会这样。"

"潜意识?"弗吉尼亚那标致的樱桃小嘴里,竟吐出了这个令人生厌的词。

吉布森先生虽然感到莫名其妙,但依然摆出一副不动声色的样子。他坚信,不论是李·科菲、西奥·马什,还是剩下的这些人,都能看得出他的所想所思。

"咦,埃塞尔要来吗?"李问道,"嘿,兄弟们,这个埃塞尔——"

"珍妮,"派恩太太轻声说着,"确实很爱保罗。"

"说真的,她把我看成什么了?她甚至都不了解我,我很清楚生活的'真相'是什么样的。这四年来,我一直希望爸爸能有个美满姻缘。我做梦都想!"珍妮愤怒地喊道。

"至于埃塞尔,"公交车司机惬意地说着,"她应该对于生活的'真相'了解得更透彻吧?是吧,罗斯玛丽?"他眨巴着眼睛。

"我觉得她应该不太了解我们青少年,"珍妮说道,"我们的脑瓜还是很聪明的。"

"没错。"博特赖特太太表示赞同,"还是要多听听年轻人的想法。亲爱的,继续说下去。"

"我们都知道俄狄浦斯。"珍妮的情绪很激动。她闪动着双眸,期待着博特赖特太太能同她产生强烈的共鸣。

"我们又不傻。我问你们,如果我离开这个家,爸爸会怎么样呢?不过,总有一天,我肯定要离开他的。"

"我也会离开的……"派恩太太默默地点了点头。

"要是所有人都离开了,他会变得六神无主,"珍妮说道,"他很享受现在的这个'舒适圈'。"

保罗回应道:"她们呐……就喜欢唠叨我……"他举起了酒杯。刹那间,眼神变得深邃如渊。

吉布森先生不自觉地效仿着他们,也试着抿了一小口。酒水喝起来,冰凉无味。但是回味之后,感觉还不错。

"派恩太太,其实吧,"罗斯玛丽狡黠地说着,"埃塞尔对你们这些残疾的老太太也没有好话!"

保罗看上去很生气的样子。

派恩太太慢慢抬起了手,好像在平息保罗的怒火。她面带微笑地说着:"可怜的埃塞尔,我觉得她只有去想一些能够安慰自己的东西,才能让自己心满意足。至今未婚,也没有子女。她的生活阅历着实有限啊。"

吉布森先生很是诧异,他低声说道:"埃塞尔?生活阅历有限?"他以前从未想过这些。

"我认为,她可能和现实生活中的人接触不多,"派恩太太继续说道,"也就是说,她和现实生活中的各类人群鲜有交集。要不然的话,她怎么会如此分门别类地对他们说三道四呢?"

"她没见过他们——也不善于观察他们。"西奥·马什说道。

"他们是一群放荡不羁的人,是一群尽善尽美的人,"公交车司机拍着弗吉尼亚的手说着,"要是能一个个认识他们,那该多好啊。我很欣赏他们。"弗吉尼亚红了脸,想让他消停一会儿。

"不过,"吉布森先生清了清嗓子,"埃塞尔在商界还是小有作为的。她在生活中一直敢于直面现实。"(他舌头有点打结了。他很喜欢这个派对。)"而我呢,"他继续说着,"才真算是碌碌无为,我也就写了点小诗而已。自己还陷在学术的泥潭里动弹不得。虽说参过军,但我……"

"你这叫两耳不闻窗外事,一心只读圣贤书!你也不能总是这样吧?"李看上去有些愤愤不平,"你知道什么人最无聊吗?——他们只看报纸，只在乎自己，不管别人死活，晚上顶多看个电视，把工作视为赚钱的手段，赚来的钱只会用来买车或者买牛排……这些人想当然认为，自己的邻居也是这样的人。所以，他们压根不闻窗外事。"他的身子向后靠了靠，用手指搭着酒杯，"在此之前，我还从来没碰到过这样的人呢。"

"你在报纸上，看过他的故事吧。"西奥·马什说着。

"吉布森先生，什么战争？"弗吉尼亚问道。

"噢……一战和二战。后来年纪大了，朝鲜战争就没去……"

罗斯玛丽不识趣地挖苦着他："所以，他的阅历很少，就参加了两场战争而已。然后，就赶上了经济危机。他又要照顾母亲，又要供埃塞尔上学。那些年无所依靠，后来，教书的这些年……谁算过这些呢？埃塞尔没有算过。我也不知道,她为什么不算一下？"她放低了声调，"我也不知道，这样一个慷慨善良之人，在自己55年的时光里，一直做着有意义的事……可是，为什么埃塞尔还要说他很单纯，很……"

"单纯？"吉布森先生皱了皱眉。

"泥潭？"西奥·马什厉声说道，"什么意思？她觉得生活应该是什么样的？你的名字登上过都市报纸？你有没有经常出没于咖啡馆？"

"不，不是。生活的'真相'就是，"吉布森先生解释道，"总会有一些卑鄙之人，在你背后捅刀子。可能是我自己吧，也可能是窃贼……"

"拜托,"画家打断了他的话,大声地抱怨着,"为什么那些讨人厌的事,还有那些不愉快的事,都被称作'真相'呢?在我看来,'真相'应该是'真理'的代名词。不过,邪恶的'真理'也有可能……但'真理'绝不等同于邪恶。这样跟你说吧,要是没有'真理',你就画不出任何一幅像样的画。"

"也写不出任何一首优美的诗,"公交车司机补充道,"讲不出任何一节出彩的课,挣不出任何一笔良心钱。我觉得他的确很单纯。"

司机看着大家,有一种挑衅的意味。

"我觉得他挺可爱的。"弗吉尼亚暖心地说道。

博特赖特太太点了点头:"西奥,我相信'周二俱乐部'很乐意听你讲这个话题。"

"就为了150美元?"西奥说道,"呸!这帮吝啬鬼!"

吉布森先生竭力让自己冷静一点。这间屋子干净整洁,温暖舒适。真正的女主人是坐在轮椅上的那位优雅"贵妇"。罗斯玛丽就在身边。其他人都在畅所欲言……不,不行——他必须牢记自己的处境。

有那么一瞬间,他的确很快乐。但也无可否认,这是音乐的力量。真有趣啊!这群人,他们和他说话的样子,和他争论的样子,还有反驳他的样子——他们鼓励他,喜欢他,担心他,一起反抗命运,一起传递信念……这些都深深触动着他,在他心里谱成乐章。他心想,应该没人会像他这样吧。在自杀的当天,还能有这么多欢声笑语。

所谓快乐,也只是偷来的而已。他得离开这了,他要面对即将到来的一切——它,绝不像音乐那般悦耳动听。

第二十章

吉布森先生正要起身的时候,公交车司机喊道:"等一下。听我说,朋友们……"

"怎么了,李?"博特赖特太太警惕起来,"我们太紧张了,所有人都绷得太紧了。嘿!别只看表面。吉布森,别走啊。那个,有个问题一直困扰着我。我想知道,罗斯玛丽……"

"怎么了,李?"

吉布森先生坐了下来,身体还在颤抖着。那个公交车司机很机灵,他有一套自己的行事方式。

"好了,至于这个埃塞尔,她是不是打算控制你的意识。然后,想让你离开吉布森先生。跟我说说看,她这么做究竟是为什么呢?"

罗斯玛丽满脸通红。

"她跟你说具体原因了吗?"

"说了,"罗斯玛丽回应,"当然说了。"罗斯玛丽用手指转动着玻璃杯。"你知道吧,所谓婚姻,根本都不怎么可靠。"罗斯玛丽看起来有些精神恍惚,"肯尼斯比我大23岁。是不是很可笑呢!埃塞尔在潜意识里认为……"她继续说着,她那桀骜不驯、沉着勇敢的那一面,也浮现在了眼前,"她认为,我肯定是希望找个年轻点的伴侣。"

"比如?"公交车司机说道。他双眼放光,睫毛也闪着。画家站了起来。博特赖特太太无动于衷。

"像保罗这样的。"罗斯玛丽说着。

"真相快浮出水面了。"公交车司机感到很满足。

"什么?"画家说道。

"噢,好了,罗茜。"保罗涨红了脸,"你知道……"

"我知道。"罗斯玛丽说道,冲他笑了笑。

"是不是大家都绷得太紧了?"珍妮直言不讳地说,"好吧,我就开门见山了。她岁数有点大——对爸爸来说。"

吉布森先生听到后,如晴天霹雳一般。罗斯玛丽!岁数有点大!

"根据我目前的判断",珍妮若无其事地说,"他喜欢更丰满一点的,比他大 5 岁左右吧。"

"好了,请你……别再说了。"保罗感到很尴尬,"罗茜,很抱歉。毕竟,你已经名花有主了。我当然……"

"没关系,"罗斯玛丽温柔地说着。她扬起了头,脸上泰然自若,"保罗,你真的很贴心。你努力在安慰我,让我别担心。但是,对你来说,我岁数有点大,就像你……原谅我,保罗……我也是自讨没趣。你知道的,我喜欢成熟的男人。"

"你真了不起,"西奥·马什得意地说着,"真是个聪明的女人。"

"埃塞尔肯定不会相信的。"罗斯玛丽表面上看起来很平静,但内心难掩哀伤,"其实很简单。'真相'就是,我的确嫁给了我爱的人。"

吉布森先生透过自己的玻璃杯,看到了罗斯玛丽正用她那纤纤玉手触碰着她的杯子。

"但是,话又说回来,"吉布森先生从恍惚中回过神来。他在说话的时候有些结巴,但思路还是很清晰的,"就像埃塞尔所说的那样,我对罗斯玛丽来说,扮演了一个父亲的角色。"

罗斯玛丽吃惊地看着吉布森先生:"你不像我的父亲,"她心平气和地说着,"我父亲,从我出生起就对我很刻薄。他喜欢说教,也没什么正义感,心眼也特别小。他就像个被惯坏的小孩。你们可能不信,但我说的就是事实。肯尼斯一点也不像我的父亲。"她温文尔雅地跟大家解释着。

"真有点搞笑,"吉布森先生继续唠着家常(这真是一场离奇的派对啊!),"你们也看到了,我也55岁了。生命中,第一次有人对我爱得如此深沉,真的很……搞笑。让你们见笑了!"

"笑?"弗吉尼亚回应着,"当然!这是好事!大家都喜闻乐见。"

"我想说……偷偷嘲笑。"吉布森先生更正了一下刚才的话。

"谁,"司机低吼着,"谁会嘲笑啊?"

"大家都不会的,"艺术家附和道,"去年冬天我还坠入爱河了呢。要是有人敢嘲笑我的话,我一口唾沫吐到他的眼睛里。"大家也都相信,他确实能干出这种事。

"埃塞尔是怎么给你们夫妻俩下蛊的?"公交车司机发问,"她到底是怎么动摇你的?明眼人都能看出你俩确实很相爱。"殊不知,冷若冰霜的司机竟然也有柔情似水的一面。

"我就是只小白兔,"罗斯玛丽说道,"我就应该朝她眼睛里吐口唾沫。"罗斯玛丽直起了身子,"都怪我。"

吉布森先生虽然已经筋疲力尽了,但仍旧泰然自若:"加我一个,我也去。哎呀,我的确老了,腿也瘸了,对未来也很迷茫……脑袋也不灵光了,都怪我。我不该对她放任自流,搞得我三头两绪的。"他想痛哭一场,他开始痛饮了起来。

"有的杂志外表华丽,但内容浮浅。至于我们的保罗,"画家说着,"他那俊朗的外形和这类杂志里的男模不相上下。况且,保罗心地还很善良。我无意冒犯,真的无意冒犯。倘若按照毒妇——埃塞尔的眼光,又得跟'性'扯上边了吧。"画家的双脚交叉着,他那黄色的袜子露了出来,他装出一副天真可爱的样子。

"毒妇——埃塞尔。好名字!"司机愤愤不平地说着,"是啊,太到位了。"

"毋庸置疑,坠入爱河的两个人……"弗吉尼亚说道。然后,她咬了咬嘴唇。

罗斯玛丽向后靠了靠,不失优雅地浅笑了一下。

"你们知道吗?在我看过的杂志或者电影里,有个'真相'一直被忽视……为什么大家……都想成为主角的伴侣呢?为什么?"她看了看弗吉尼亚,"不单单是主角的外形都比较俊美的缘故吧(尽管肯尼斯也很帅),也肯定不是因为他们都比较年轻吧。"她看向了沙发旁的台灯,"在我看来,最重要的是,两个人在一起得快乐啊。当然,我不是指跟性有关的那种快乐。尽管——"罗斯玛丽倒吸一口气,她继续说,"你们明白我的意思吗?我指的是——单纯地享受彼此的'陪伴'。我们有这么多美好的回忆……之前也从来没有意识到,我们在一起总是喜笑颜开。"

她突然把身子向前倾了一下,"对于'陪伴'的价值,为什么大家总是三缄其口呢?它真的——让人难以忘怀。我觉得,这就是它最大的吸引力。"

"它让你永生难忘。"派恩太太轻声补充道。

"正是如此,"博特赖特太太附和着,"否则,婚姻之旅也坚持不到终点。就比如说,那些'模范妻子',肯定也都不是'千人一面'的。"说到这里,她有些愤愤不平。她那丰满的身体也顺势抖了两下。

"好吧,"艺术家说道,"我现在的妻子——也就是我的第四任妻子……和她在一起的时候,我每时每刻都感到特别开心。她的脚踝的确有些问题。不过,她要是真的离开我了,我肯定会痛心不已……我说的是实话。"说的时候,连画家自己都有些震惊。

"我……赞同。"弗吉尼亚低声说着。公交车司机在闭目凝神。

吉布森先生的内心洋溢着喜悦……羞愧感与悲伤之情也纷纷袭来。他下定决心,不管他有多么在乎别人的看法——是的,他真的很在乎!——接下来的路,他必须得自己走了,这跟旁人无关……

他拉着罗斯玛丽的手。然后,站起身来。他言简意赅地对他们说道:"真的很感谢你们所有人,感谢你们为我付出的一切。现在,我们必须得走了。"

他面向派恩太太:"如果您能为我们祈祷的话——那就祈祷毒药能

被找到……"

"我会的。"她决定兑现她的承诺。

保罗看起来有些犹豫,还有些紧张,他说道:"肯定能一切顺利的。"

珍妮也附和着:"噢,我们都会祝福你们的。"

博特赖特太太宽慰道:"兴许警察能找到呢。不要低估了他们的实力。"

轮到画家了。

"现在,它肯定在垃圾堆里呢。永远都看不见……听不到……知道了吗?"

护士说道:"嘿,要……开心点。"向来冷静并且责任心很强的小护士,也伤感地流下了眼泪。

公交车司机诚挚地说道:"很多好书都是在监狱里创作的。我是说,'狱墙并不能……'"

"李,我知道这个。"吉布森先生的眼中饱含深情。正是这个男人开了"风气之先"。他一开始就提醒吉布森先生,现实没有"蜜糖"。所以,他也没再多说什么。

吉布森先生单手搂着罗斯玛丽的腰。两个人出了门。

只留下了屋内的七个人。

"他是个好丈夫,"弗吉尼亚抽泣着,"她也是……我们不能救救他们吗?大家快想想办法!"

然而，屋内的七个人一言不发——他们沉默着，悲伤着，但依然斗志昂扬。

吉布森先生和妻子罗斯玛丽走得很慢。他们不声不响地跨过露台，走下台阶。然后，穿过了双向车道。现在是 5 点 45 分，余晖照人，浪漫温馨。他们绕过了这几个锃亮的垃圾桶。

可以看到，在通向厨房的台阶旁有一片灌木丛。吉布森先生轻轻地拉着他的妻子，向这片绿丛"深处"走了过去。这里，没人能看见他们。

他将她拥入怀中，她也顺势靠了过来。他轻柔地吻了她一下。然后，第二下。这一下多了些急切感。紧接着，她把头搭在了他的肩上。

"肯尼斯，你还记得那个餐厅吗？"

"我记得，肯定不会忘的。"

"那会儿我们多开心啊！我以为你受伤后，就忘了，就不记得了。"

过往的痛苦，正渐渐远去。她也只是叹了口气罢了。

"我还记得有雾，"他低声说道，"我们都觉得很美。"

"我们指的——也不全都是——雾吧？"

"对啊。"他一次又一次地亲吻着她——用最温柔的吻。"小可爱，情节也真是老套。你觉得呢？一切都是场误会。但是，我也得承认我是个很老套的人。"

"我真的很爱你,"罗斯玛丽说着,"无论如何——都不要离开我了。"

"不管发生什么,都不会。"他向她承诺道。不过,他还是个罪犯。他有可能离她而去,虽然还不"确定"。哎,真是悲喜交加啊!

过了一会儿,他轻轻地领着她上了台阶。两个人走到了厨房门口。

第二十一章

那天下午，也就是4点刚过，埃塞尔就回家了。她发现门没锁，她眉头都快要皱到天上了。大门就这样敞开着，里面空无一人。她的哥哥太粗心了！或许，他现在就在马路对面的汤森家呢。要是这样的话，埃塞尔也懒得去找他了。接下来，她要去做自己的事情了。她也实在不想因为这些计划之外的无聊社交打乱自己的安排。

她脱下了夏天穿的西装外套，走进厨房。一片混乱！天呐！这种小房子不得更要干净整洁吗？埃塞尔不喜欢住这种房子。要是住在公寓里，家务事会少很多。她觉得，他们不久之后就会搬走的。她抿了抿嘴，她看到，那个开放式橱柜上的生菜都已经发软了，盒子里的面包摆得横七竖八。可可、茶叶，不应该在架子上吗？奶酪也得放在冰箱里吧？怎么会有一个绿色纸袋？这是什么？里面竟然有一小瓶橄榄油。还是进口的！这也太贵了吧！

她无奈地摇了摇头，开始拾掇起来。她把生菜洗干净，放进了冷藏室。她把奶酪放进了冷冻室，把纸袋扔到了厨房的垃圾桶。然后，把这些瓶瓶罐罐都摆到了橱柜里。

接着，她来到客厅。过了一会儿，她打开收音机，听音乐已经成了她的习惯，她不在意放什么音乐，只要是音乐就行。

她转身回到自己和罗斯玛丽共同的卧室里。然后，脱下工作服，把它们挂了起来。接着，换上一条棉质裙子，便惬意地瘫躺在了床上。音乐声太远了。当广播切到人声，她索性就不听了。她从来不听广告的。她的思绪，又回到了第一天在办公室上班的场景。她很有成就感，几乎也快要摸透老板的脾气了。她已经预料到了，在这个静谧的小镇上，自己以后的生活肯定也不会太差——工作稳定，还不累人，她自己也很有干劲儿。她开始打盹了。

5点15分，她被电话吵醒了。他们还没回来。

"喂？"

"这里是汤森实验室。"

电话那头是个女人的声音："请问肯尼斯·吉布森先生在吗？"

"不，他不在家。"埃塞尔干脆利落地说道。

"你知不知道他去哪了？"

"不，我不知道。晚饭时间，他肯定会回来的。"

"几点呢？"电话那头的声音渐渐消失了。

"5点45分。"

"噢，好的。如果回来的话，可否请他给这个号码回个电话呢？"

埃塞尔记下了这个号码。

"事出紧急。"电话那头的声音又消失了。她虽然神神秘秘的，但还是能感受到她的焦虑。

"我会转达的。"埃塞尔宽慰道。

她挂了电话，心里有点恼火。

一点都不懂得善解人意！这种情况，首先得考虑一下别人的感受吧。罗斯玛丽应该快要回来了——必须快点回来。肯去哪了呢？她不知道。不对，她应该知道。他可能在图书馆看书，忘记时间了吧。

5点45分要吃晚饭呢。

她得准备晚饭了。

他们都知道几点开饭。

收音机还开着。她一副可怜兮兮的样子，一种说不上来的孤独感浮上心头。然后，她关掉了收音机，看起来委屈巴巴的。

她走进厨房，开始准备晚饭了。对她来说，也不难。埃塞尔喜欢吃意大利面——不仅物美价廉，而且做法简单——里面都是包装好的。她把现成的酱汁倒进了平底锅。怎么做才能更好吃呢？她想，肯定是要再加点什么东西的吧。于是，她把洋葱切细，放了进去。至于做饭，她也并不是很在行。这些年，她都是去餐馆吃饭，只为填饱肚子而已。价格嘛，有时候便宜，有时候贵。她觉得应该把洋葱炒一下。或许得加点儿橄榄油？肯尼斯到底是什么意思？这个小瓶子要是用来装沙拉酱，也装不了多少啊。埃塞尔不喜欢蘸着沙拉酱吃，一直都是倒些便宜的植物油凑合着吃。肯定不是蘸水果吃的！他应该是想尝尝意大利面酱混着橄榄油的味道吧。可能罗斯玛丽也想尝尝吧。

她撇了撇嘴。然后，把瓶子拿了下来，拧开了盖子。哎呀，这个……她把"橄榄油"全都倒进了平底锅。希望等会吃起来别太油了。她把瓶子洗干净后，倒过来沥了沥水。瓶子标签上的罗伯托国王也"倒立"着。埃塞尔用一个大锅盛满了水，打算煮意大利面。

接下来，她开始切水果，准备做沙拉了。她怀疑生菜根本就不新鲜。都5点34分了，怎么还没有人回来。

埃塞尔来到客厅，开始布置餐桌了。她站在客厅里就能看到马路。她猛然听到了保罗车子的轰鸣声。车子朝保罗家的方向开了过去。一群人着急忙慌地下了车。埃塞尔故意把眼神挪开——她不想"监视"

自己的邻居。她猜想，他们可能在办派对吧。"派对"这个词对她毫无吸引力。无非就是一群人在闲扯，纯属浪费时间，事实上，也从来没人邀请过埃塞尔去参加什么派对。

桌子已经布置好了。水也烧开了，酱汁也备好了。她把火关小了一点儿，她搅拌着沙拉。

已经5点40分了，他们还没有回来。埃塞尔看起来委屈巴巴的。她把意大利面下进了锅。然后，来到了客厅。她背对着壁炉坐了下来，眼睛盯着对面墙上的时钟。

她拿起毛衣，织了起来。她又等了九分钟。

马上要开饭了。难道他们忘了晚餐时间吗？难道他们不应该体谅一下她吗？倒是她，总是很体谅他们。

5点49分，她迈进了厨房。

她听到了他们的脚步声了。

"你们到底去哪了？"埃塞尔热切地问道，"我看你们一起……"

"是的，"吉布森先生回应着，"我们一起去的。"当他看到眼前的人依旧是他所认识的那个埃塞尔的时候，他还是有些诧异的：她的站姿也还是老样子，精力还是那么充沛，脸上还是那么自信满满。

"晚饭做好了，"埃塞尔说道，"现在，你们赶紧去洗个手吧。罗斯玛丽，你不用做什么了，我全都弄好了。你们坐着，我去把面条的水沥干。

然后，拌个酱汁就可以了。"埃塞尔还是很"宠溺"他们的。

他们小心翼翼地经过厨房。然后，在门厅里亲吻着对方。

"她难道不知道……"吉布森先生好奇地问道。

"是啊，可能不知道吧。广播里也没播报你的名字……"

"所以，我们得告诉她——"

"对……"

"不太容易。"

"是呢。"罗斯玛丽这个小甜心，声音甜甜的。

"你们好了吗？"埃塞尔高喊着。

吉布森先生放开了罗斯玛丽，自己一个人回到了卧室。在他看来，过往的生活要一去不复返了。他想知道，牢房里会有书看吗？唉，他真要和罗斯玛丽分开了。面对现实吧！正视自己那愚蠢的恶行吧！然后，拥抱爱情吧！只有拥抱爱情，才能体会到幸福的真谛。

他一边洗着手，一边思虑着什么。他觉得埃塞尔说得没错，至少在某程度上没错。还没弄清楚动机是什么，他就急着为自己辩解。他给一个受伤的心灵灌输着黑色哲学的思想。事情还没"水落石出"的时候，他就已经"人仰马翻"了……现在，他长见识了不少。他知道自己太容易受别人左右了，立场也太不坚定了。以后，他得要更加相信自己才行。

在他看来，是埃塞尔，让他俩相互猜忌。埃塞尔让他们有这样的错觉：人，不能相信自己，也不要试着去相信自己。不过，大多数情况下，这种自我怀疑的"药丸"，如果"服用"得当的话，它就会变成一种"良药"。要是不分青红皂白地盲目"服用"，并且"剂量"过多的话，它就会动摇一个人最坚定的意志。

它是一种亦正亦邪之物啊。

他又来到了门厅，双手握着罗斯玛丽。两个人走到了客厅，来到了餐桌旁。

"你们坐下呗。"埃塞尔看起来很善解人意，也对他们表现出了极大的宽容。"真是个淘气包。"她的双眼闪着智慧的光，若有所思地望着他们。她应该很快就会"知道"他们刚才去哪了。

两人坐了下来。埃塞尔从热气腾腾的木碗里舀出一勺意大利面。"老实说吧，"她问道，"你们刚才忙什么去了？"

"这是什么杂烩面？"吉布森先生回应着。他盯着意大利面，没什么食欲。

罗斯玛丽拿起了自己的叉子，神情颇为紧张。

"我们会对你知无不言，言无不尽的。"贴心的罗斯玛丽打算"挺身而出"，想要代替吉布森先生告诉埃塞尔一切。

"我猜你们已经谈过了？"埃塞尔各自看了他们一眼，"亲爱的家人们,这是你们俩的私事,我也不想打听什么。你们有这个权利去守好自己的小秘密——"

罗斯玛丽突然放下了叉子。

"不过,任何与我有关的决定,"埃塞尔温文尔雅地说着,"我想,你们肯定会告知我的。"

"是的。"罗斯玛丽坚定地回应道。

吉布森先生看到埃塞尔眼中的自己竟然是这样的:他像个小绵羊一样,心地善良,天真脱俗,注定单身,没有伴侣;他会和他忠诚的单身妹妹相依到老。这就是命。不过,一切也都说不准吧!

"埃塞尔,我们两个人很相爱,"他不紧不慢地说着,语气铿锵有力,"罗斯玛丽和我。"

埃塞尔的眼珠子直打转,一副茫然若失的样子。她的嘴角微微颤抖着,眼中满是疑惑。她难以置信,此刻的她,已经哑口无言了。

接着,罗斯玛丽开口了:"就像刚刚说的——"

"什么?"

"埃塞尔,刚刚吉布森说的,就是那个意思。"

"我由衷地为你们感到高兴,"埃塞尔违心地说着,声音依然有些颤抖,"赶紧吃吧,等会儿就要凉了……"

她脑子里一片空白,她不相信他们说的。吉布森先生也知道她在想什么,所以他要竭尽全力地证明那些话的真实性……他们"博弈"的样子……看起来就像碗里那相互卷在一起的意大利面似的。他虽然难以下咽,但不得不吃啊。要不然她会生气的。接着,他转动起叉子。埃塞尔的叉子也扎进了面里。就在这个时候,门外有人在喊着什么。他们吓了一跳,看向窗外。

一行六人雄赳赳地走出了保罗家的门,闹哄哄地跨过了马路。

"吉布森!嘿!嘿!"公交车司机喊道。吉布森先生虽然一瘸一拐,但还是麻利地蹦到了门口。他看到他们来了,高兴得要命。李·科菲挽着弗吉尼亚的后臂进了门,气氛也一下子活跃了起来。西奥·马什——正在手舞足蹈——虽然皱纹累累,但笑容满满。小珍妮的动作很轻快,她正躲闪着他那舞动的四肢。保罗抵着门,把博特赖特太太迎了进来,她宛如一艘远洋客轮。

"我们找到了!"所有的人都纷纷喊了起来。

"战情已得到控制,"李大声叫着,手里还不忘挥动着一张画纸,"海军陆战队登陆了!我们终于成功了!"他狠狠地拍了一下吉布森先生的背。"不用坐牢了!没有人会死于非命!它在……"他喋喋不休地说着。

"快跟我们说说!"罗斯玛丽尖叫着,她的声音盖过了人潮,"你们当中,谁——"

"是珍妮这孩子,"西奥·马什吼着,"这孩子的确又聪明又可靠——我佩服得五体投地。我实在太蠢了!太蠢了!生活上是!工作上也是!"他从司机手里抢过那张画纸。

"到底怎么回事?"

护士说道:"好了,跟他们说说吧!"她告诉了他们,"是珍妮,她让西奥把他看到的那张脸画了下来。"

"他画得实在太形象了,"珍妮慷慨激昂地说着,"外婆立刻就认出那个人了!"

那张画纸直接塞到了吉布森先生的面前:寥寥几笔线条——就是一张脸,一个美人。

"妈妈说,这是维奥莱特太太,"保罗吼着,"可我觉得不像,我还从来没见过她这么迷人的样子呢。"

"有眼……无珠。"艺术家絮絮叨叨地说着,他头发都快要竖起来了。他一边端详着这幅画,一边慢慢悠悠地走来走去。

"她以前做过模特吗?"他低声呢喃,"多么精致的鼻孔!"

"可是,"罗斯玛丽急得都快喘不过气了,"到底发生了什么?"

"弗吉尼亚已经给她家打过电话了,"李饶有兴致地解释道,"这个维奥莱特,或者其他什么吧。哎呀,她就叫维奥莱特。她有个朋友当时也在公交车上,她说她拿了那个瓶子。"

"她的朋友拿了?"

"维奥莱特太太拿了毒药!"保罗的声音很低沉,"她去山里了。她把毒药带走了!博特赖特太太跟警察说……"

李继续说着:"她和那些警察的关系铁着呢。她告诉他们下一步该怎么做。可以了吧?"李拍了拍博特赖特太太的肩膀,"是吧?玛丽·安妮?"

"他们会拦下她的汽车,"博特赖特太太冷静地说,"也或者是卡车吧。我觉得应该是这样。因为已经知道她的牌照了,所以可以到处张贴布告了。警察们办事肯定没问题。"博特赖特太太虽然沉着冷静,但笑意满满。她宛如一个圣诞老人。

"你看吧!"弗吉尼亚大口喘着气,"她肯定不会在路上误食的。根本不会!所以说,你有救了!"

埃塞尔一动不动地站在那。

"况且,"博特赖特太太环顾四周,仿佛周围都是些委员什么的,"既然没发生什么意外,我们也没必要操心了。不论是'公之于众',还是'予以严惩',均'有失公允'。吉布森先生也不会再想着自杀了。这种'意外'也不可能'重蹈覆辙'。我已经说服米勒局长了……如果他还是'固执己见'的话,我再去跟他说道说道。"

"没问题了,"李大喊道,"玛丽·安妮,我相信你已经给他说通了。

你真是太了不起了！所以，皆大欢喜！是吧？是吧？"

"是吧？"西奥也跟着附和着。

罗斯玛丽也如释重负地呜咽起来。然后，跟跟跄跄地瘫坐在了椅子上。

"有白兰地吗？"护士火急火燎地问道。

埃塞尔还站在那儿。她根本不知道发生了什么，也不知道他们究竟在说些什么。"白兰地在厨房"，她下意识地回应着，"在左手边的橱柜，水槽的上面……"她脸上挂着一丝假笑，她也希望能认识一下大家。

护士向厨房跑了过去，而司机依然拉着她的后臂不松手。

这时候，电话响了。博特赖特太太拿起电话，动作一点也不拖泥带水。

这时候，西奥·马什转过身来。他扬起了下巴，双手叉着腰，恶狠狠地盯着埃塞尔。

他大声质问道："这就是埃塞尔？毒妇——埃塞尔？"

"没错，"埃塞尔气得满脸通红，"这帮人是谁！"

吉布森先生颤颤巍巍地倒在了椅子上。他知道埃塞尔肯定很困惑。不像其他人那样，这件事她全程没有"参与其中"。所以，相当于"鸡同鸭讲"了。并且,她刚刚还被言语羞辱了……因为刚刚才"死里逃生"，现在浑身酸痛的他，一时说不出话来。

罗斯玛丽看起来很虚弱。"我们刚想告诉你——就在一分钟前——"她喘着大气，也没多说什么。

大家都一言不发。他们也都清楚"惊喜"是什么，只有埃塞尔还"蒙在鼓里"。

博特赖特太太对着电话那头说："是的，他在这……我可以转达一下？实验室？噢，我知道了。既然已经找到了，那就平安无事了……哦，你发现了？……不可能，你那会儿还不知道……我明白……没，从来没有'公之于众'。就是个小误会而已……"她压低了声音继续说道。

厨房那头，护士很快找到了白兰地。李大胆地拥抱了她。接着，两个人相拥在了一起。厨房的垃圾桶也堆满了。那个绿色纸袋被丢在了垃圾桶的最上面。橱柜上还倒放着一个瓶子。瓶子上印有罗伯托国王的画像。两个人只顾说着悄悄话，压根没注意周围的情况。

客厅里，西奥正对着埃塞尔絮叨着什么，他那"斑驳"的牙齿一览无余。（博特赖特太太正忙着打电话，也管不了他了。她正叫人派车过来。）"埃塞尔啊？你是穷途之寇？末日传教士？还是业余的精神病专家呢？"

埃塞尔看上去快要窒息了。

"我真搞不懂，"埃塞尔愤怒地嘶吼道，"为什么要让这样一个乖僻邪谬的老头来我家啊。他还一直喊我的名字！趁你们还没搞清楚之前，我得先把这碗面吃了!它——"她尖叫了一声,"快要凉了!"

埃塞尔无法忍受自己的安排就这样被打乱了,也无法忍受其间有任何状况的发生。她来到餐桌旁,砰的一声坐了下来。然后,轻率急躁地就把叉子扎进了已经坨了的面条里。西奥·马什也溜到了她的身后。他靠在墙上,歪着头看着她。

而吉布森先生,还坐在客厅里的椅子上。他的精神状态已经复旧如初了,心神也明朗了许多。他已经完全"消化"了他们所带来的"食粮"——这个意外之喜。他得救了,他自由了。他爱别人,别人也爱他。没有人因为误服毒药而殒命,所有的祷祝都得偿所愿了。他欣喜地环顾着四周的一切——他所珍视的——在人间的这个家。

他的呼吸都要停止了。

"罗斯玛丽!"他大喊道,"那是什么?壁炉架上那个?"

"怎么了,亲爱的?"罗斯玛丽有点不耐烦地站了起来。她在招呼着大家,看上去高兴极了。她喝了不少酒,感觉如释重负。"这个吗?"她手里拿了团芥末色的绳子。"这怎么还放钱了呢?"她好奇地问着,"以前这放了个蓝色花瓶。"

刹那间,吉布森先生的脑袋瓜以"迅雷不及掩耳之势"飞速地旋转着(其速度堪比一生之最),他感到万分惊恐。此刻的他,活脱脱像一个橄榄球的四分卫。他从保罗和珍妮的中间穿了过去。然后,越过了西奥·马什。最终，夺走了他妹妹手中的叉子，而叉子上还卷了很多意大利面。

"维奥莱特太太来过这！"他大叫着。

"肯，真的吗？本来我都不想说的。"埃塞尔很生气，"咱们家里的每扇门都没锁，很可能会被她洗劫一空……"

"橄榄油！"他呼喊着，"那瓶橄榄油！它在哪儿？"

"在面酱里，"埃塞尔回应道，"我原本以为你就是要把它放在酱料里的。"她的眉毛高高扬起。

"你疯了吗？"她冷漠地质问道。

这时候，护士和司机迈着掷地有声的步伐，急匆匆地走了过来。"这是什么？"弗吉尼亚问道。她一只手端了杯白兰地，另一只手拿了个小玻璃瓶。不过，瓶子是空的。她朝他们摇了摇这个瓶子。

"看！还有这个！"李·科菲大口喘着气。然后，给他们看了看这个绿色的纸袋。

"它在这啊！"吉布森先生说道，"埃塞尔，别碰它！那是致命毒药！"

"毒药？"她吓得直往后缩。

吉布森先生把三盘意大利面都盛到了碗里。然后，紧紧地攥着这个碗。"维奥莱特太太之前也跟我说过，"他给大家解释，"她得去一趟银行。我记得她说过这个话。她得坐公交车往返,当她看到我把纸袋落在座位上的时候,她喊了我两声。她知道那是我的东西,所以就把纸袋,连同绳子,一并送了回来!"

"她太实诚了……"罗斯玛丽对她充满敬畏。

"就是那个吗?"西奥叫了起来,"你找到毒药了?在这?"

"是啊。整个下午,它都在这。"他小心翼翼地捧着这个碗,坐了下来。他把碗放在了腿上,脑袋耷拉了下来。

"我们得赶紧跟警察说一声。"博特赖特太太不假思索地说着,她的心里美滋滋的。

"我们都是英雄。"公交车司机说道。

至于珍妮·汤森嘛。这个女英雄,正和其他英雄站在一起。她眉头紧锁地问道:"吉布森小姐为什么不知道油瓶里是毒药呢?我记得收音机已经播报过了……她的收音机肯定也播报了。就是这台啊。"

"我……没明白——什么毒药?"埃塞尔站起身来,看起来摇摇欲坠,"我还是一头雾水。橄榄油?"

保罗解释道:"他从我实验室里偷了一瓶毒药……"

"实验室早就打过电话了,"博特赖特太太急促地说着,她的声音很大,"在电话里也说了。他们发现毒药丢了,警察那会儿还没去找他们。他们肯定告诉你了,只有你哥哥有机会——"

"我——接到过一个电话,"埃塞尔吞吞吐吐地说着,"电话那头也没提……毒药啊?难道是肯偷拿了毒药?"她双眼瞪得老大。

"他本打算服毒自尽,"司机滔滔不绝地说着,"不过,他现在已经想开了。"

"他打算……什么?快说啊……"

"他现在已经想开了。"罗斯玛丽看起来虚弱不堪的样子,"亲爱的,我们真的找到它了吗?"

"就在这,"吉布森先生回应着,"我手里就是啊。"吉布森先生紧紧攥着那个碗。就在一瞬间,罗斯玛丽看上去像个天使一样。她长着一双白色的大翅膀,正要朝着天花板飞去。

"等一等,"西奥·马什说道,然后望向了李·科菲,"我们在这杵着干吗?"他质问道,"引爆气氛吗?"

"引爆!引爆!"公交车司机的嗓音有些嘶哑,"我明白你的意思,得用她自己的爆竹。"他伸出了一只手臂。

"好吧,"西奥继续说道,"我们最好'复盘'一下吧。现在,埃塞尔……"西奥转过身,看向了她,"你知道,当然,我们都受到了原始粗野的潜意识的驱使。嘿?"(他套用了公交车司机的"嘿"。)

埃塞尔整个人呆若木鸡。

"你说,你没'听到'警告吗?哈哈哈。"艺术家的声音有些阴郁,

"但是潜意识会听到所有声音，亲爱的，现在你知道了吧。实验室给你打来了电话。电话那头什么都没跟你说吗？你也什么都没问吗？"

"是啊，跟小说一样，"李饶有兴致地补充道，"你的潜意识呢……嘿？上帝的子民都有潜——"

"她的潜意识就是要把成双成对的东西放在一起，"西奥冲着他喊道，"很明显，是这样的。对吧，埃塞尔？你想谋杀自己的哥哥和嫂子。你一定是这样想的。"

埃塞尔目不转睛地盯着他。

"你知道吗，你差点杀了他们两个，"西奥说着，"面酱里有一种致命毒药。别狡辩说你不是'故意'的。"西奥环手抱着胸，看上去像西部警长那样。

"我……我没听到收音机的播报……我也不知道……"埃塞尔逐渐恢复了理智，"你是说我们差点都中毒了？"

"你们差点都要下地狱了。"公交车司机说道。他的眼睛瞪得老大，正直勾勾地盯着埃塞尔。

"也算是'杀人未遂'，"西奥说道，"很显然，接下来你想自杀。"西奥把目光转向了公交车司机，"说说吧，这种想法是怎么来的？"

"我们得'刨根问底'，"公交车司机兴致勃勃地说着，"我们要指出她的动机所在。"

"性吗？"只见西奥的眼神在放着光。吉布森先生听得哑口无言。

罗斯玛丽愤愤不平地反驳道："她没这种想法。你们俩别说了。"

"是潜意识。"艺术家继续说道。他那犀利的目光正审视着他的受害者。

"西奥。"博特赖特太太打断了他。

"李。"弗吉尼亚同样打断了李。公交车司机的肩膀立刻松了松劲儿。然后，手掌一摊，轻松地摆了个道歉的手势。接着，他咧嘴笑了起来。

而吉布森先生，正满怀深情地看着他的妻子。（他心想：我的宝贝，你实在太善良了，还富有同情心。这些都是纯真的本性。真好啊！真迷人啊！）他看到，罗斯玛丽和埃塞尔站在了一边，愤愤不平地为她做着辩护。

"埃塞尔听音乐时，总会忽略电台的人声。她也曾试着改掉这个习惯，她在收音机里的确没听到那个警告。她没想要害死任何人，她不是故意的，她根本不会这么做。你也知道，这就是个意外。"她向艺术家发起了挑战，"好了，别再这么刻薄了。"

"罗斯玛丽……"埃塞尔感到心如刀绞，她伸手拉着罗斯玛丽，"我真的不知道这件事……我肯定不想伤害你们任何人……真的——"

"你肯定不会这么做的。"罗斯玛丽抚慰着她。她好像在安抚一个受惊的孩子。"别在意他们说的。好了，埃塞尔，我相信你不是有意的。"

吉布森先生感到头晕目眩。他心想，自己和罗斯玛丽必须得帮帮这个孤立无援的埃塞尔……可怜、无畏、倒霉的埃塞尔，背信弃义，想要谋害我们。他好像昏迷了一会儿，没有意识了。每个人都想告诉埃塞尔事情的全过程。他真的受不了。等恢复神智了，他发现自己还坐在椅子上，手里还紧紧攥着那个碗。他打量了一下自己。

此刻，埃塞尔一个人坐在那里。

博特赖特太太在电话那头，"指挥"着警察下一步该怎么做。（他们会按照她说的那样做，他不用担心。）

小护士发现其他人对白兰地不怎么感兴趣。于是，她便溜到埃塞尔椅子旁边的地板上。然后，若有所思地坐在那里，自斟自饮。

司机和画家互相用手扭拽着对方。艺术家上蹿下跳的样子，别提有多高兴了。他嘴里还嘟囔着："炸了！炸了！"

"根本没有！嗯？"公交车司机反驳道，"骗人一次，反噬一次。"

就在刚才，珍妮飞快地向门口跑去（他现在才回想起来），她喊着："我要告诉外婆。"保罗还沉浸在喜悦之中，他一直拥抱着珍妮。现在，他抱了抱罗斯玛丽。（他想要拥抱任何人——任何柔软的，任何讨喜的身体。吉布森也完全理解。）

他一边攥着那个碗，一边还在想：谁能预见这样的场景呢？他喜不自胜。

他很快便回过神来,也加入了狂欢的队伍中。不过,手里还抓着这个碗不放。

一辆警车驶了过来,一个警察下了车。

他看起来挺年轻的,不确定他来这要干什么。他站到门前,还没等他按门铃,就已经被"夹道欢迎"了。一个身材矮小、眼睛闪烁的男人拉着他。这个人还搂着一个身材瘦小、眉飞色舞的女人。这个女人留有一头棕色头发,她手里正小心翼翼地端着一碗意大利面。这两个人齐声后退,像一对舞伴一样,朝他鞠了一躬。

小门厅里,一个英俊男人轻声细语地对着电话说着什么。

"都解决了,亲爱的。真的!一切都完美解决,我很快就回家。"(警察根本不知道他正在跟岳母通电话。)

客厅里,一位身材瘦削的老先生穿了件粉红衬衫。他吹着不成调的口哨,跷起了二郎腿。他正兴致勃勃地指挥着一个女人跳华尔兹。这个女人身穿米白色衣服,体型颇为丰满,正迈着轻盈的舞步。

另一个男人穿了件皮夹克。他蹲了下来,想亲吻坐在地上的金发女郎。两个人你情我愿,这个女郎个头不大,看起来挺时髦。她那葱白的手指正握着一个小酒杯。这时候,酒水洒了出来,滴到了他的后脖子。不过,他毫不在意。

警察看到这个场景,心里也有了估测。他心想,自己是来查案的,是来问询当事人的。

"我不太了解事情的经过。"他坦言道。此刻,他发现,有一个中年女士虽身处欢声笑语之中,脸上却看不到任何波澜,只见她正一动不动地盯着地毯。(他想,应该是她,受到惊吓了吧。)

"难道是她,"他一脸同情地说着,"不小心拿走了实验室的毒药吗?"

门口的那个警察迟疑了片刻。

"不是她,是我。不过,谢天谢地……进来说吧,进来说吧!"吉布森先生诚恳地对他说道,"我现在挺好的!"

图书在版编目（CIP）数据

一瓶毒药／（美）夏洛特·阿姆斯特朗著；马伊林，
尚小晴译. —— 上海：上海文艺出版社，2025. ——（域外
故事会社会悬疑小说系列）. —— ISBN 978-7-5321-9217
-5

Ⅰ. I712.45

中国国家版本馆 CIP 数据核字第 2025R6Y683 号

一瓶毒药

著　者：[美]夏洛特·阿姆斯特朗
译　者：马伊林　尚小晴
责任编辑：杨怡君
装帧设计：周　睿
责任督印：张　凯

出版：上海文艺出版社
出品：上海故事会文化传媒有限公司
（201101 上海市闵行区号景路159弄A座3楼 www.storychina.cn）
发行：上海文艺出版社发行中心
（上海市闵行区号景路159弄A座2楼206室）
印刷：上海中华印刷有限公司
开本：889毫米×1194毫米　1/32　印张9.5
版次：2025年3月第1版　2025年3月第1次印刷
ISBN：978-7-5321-9217-5/I.7235
定价：35.00元

版权所有·不准翻印

上海故事会文化传媒有限公司出品（01207）www.storychina.cn
想看更多精彩故事？扫码下载故事会APP

上海故事会文化传媒有限公司所有图书可办理邮购，免收邮费（挂号除外）
汇款地址：上海市闵行区号景路159弄A座2楼206室（201101）；
收款人：上海故事会文化传媒有限公司出版发行部
联系电话：021-53204159
如发现本书有质量问题，请与印刷厂质量科联系T.021-60829062